조선남자

朝鮮男子

-천능의 주인-

조선남자 15권

초판1쇄 펴냄 | 2020년 12월 15일

지은이 | K.석우
발행인 | 성열관

펴낸곳 | 어울림 출판사
출판등록 / 2009년 1월 23일 제 2015-000062호
주소 / 경기도 고양시 일산동구 무궁화로 43-55, 801호 (장항동, 성우사카르타워)
TEL / 031-919-0122
FAX / 031-919-0127
E-mail / 5ullim@hanmail.net

ⓒ2020 K.석우
값 8,000원

ISBN 978-89-992-7019-2 (04810)
ISBN 978-89-992-6190-9 (SET)

15

K.석우 현대판타지 장편소설

조선남자

朝鮮男子

-천능의 주인-

어울림

조선남자

朝鮮男子

-천능의 주인-

목차

필독

 본문에 등장하는 의학용어는 가급적 현재 의학용어에 맞게
사용할 예정입니다.
 다만 의료상황이나 응급상황을 묘사함은 현실의 의료상
황이나 응급상황과는 다른 작가의 작품구성 상 필요에 의해
창작되었음을 알려드립니다.
 또한 본문에서 언급하는 지역과 인간관계, 범죄행위, 법과
현 시대의 묘사는 현실과 관계없는 허구임을 밝힙니다.

조선남자

朝鮮男子

-천능의 주인-

이방인(異邦人)

　가을비에 젖은 새벽의 서울 시내가 훤히 내려 보이는 크리스탈 팰리스 호텔의 49층 VIP실에는 기묘한 긴장감이 흐르고 있었다.

　넓은 거실의 한가운데는 가죽향이 진하게 번져오는 붉은색의 소파가 놓여 있었고 소파의 앞에는 호텔 주방에서 특별히 만들어 가져온 중국식 풍의 음식들이 놓여 있었다.

　음식이 놓인 테이블의 맞은편에는 약간은 초조한 모습으로 뒷짐을 지고 서 있는 노인과 검은 치파오를 입은 채 팔짱을 낀 젊은 여인이 문 쪽을 바라보고 있었다.

노인이 뒷짐을 진 채 젊은 여인을 보며 입을 열었다.

"도착할 시간이 되지 않았느냐?"

노인의 말에 여인이 자신의 팔목에 끼워진 손목시계를 힐끗 내려다보았다.

새벽 6시 40분이 막 지나고 있었다.

시간을 확인한 여인의 시선이 창 밖으로 시선을 던졌다.

날이 훤히 밝아오고 있었지만 간밤에 억수처럼 쏟아진 비 때문인지 새벽녘의 서울은 아직 그 특유의 활기를 찾지 않은 모습이었다.

여인이 대답했다.

"곧 도착할 거예요. 너무 초조해 하지 마세요 할아버지."

큰 눈에 오뚝한 코와 야물게 다물어진 입술이 매력적인 여인이었다.

전체적인 인상이 마치 도도한 페르시안 고양이를 보는 듯했다.

여인의 말에 노인이 뒷짐을 진 주먹을 쥐었다 펴기를 반복했다.

초조하거나 무언가를 기다려야 할 때 노인이 습관적으로 반복하는 버릇이었다.

노인은 중국에 본거지를 두고 있는 사해련의 일파인 청

지림의 림주인 염백천이었고 여인은 임백천의 손녀인 염소하였다.

지금 방안에는 염백천과 염소하밖에 없었다.

염백천이 힐끗 테이블 위에 차려진 음식들을 바라보았다.

음식이 차려진 지 근 10분이 지나고 있었기에 뜨겁던 음식이 식어갔다.

이럴 줄 알았다면 미리 음식을 가져오라고 지시하지 않았을 것이다.

금방 도착한다는 수하의 말에 음식을 가져오라고 했던 자신의 성급함이 후회스러웠다.

염소하가 힐끗 할아버지 염백천을 바라보며 입을 열었다.

"너무 초조해 하지 마세요, 할아버지. 어차피 한국 쪽 사업은 우리 청지림에 우선권이 있으니까요. 이제 와서 다른 방파에서 끼어들 명분은 없어요."

염소하의 말에 염백천이 이마를 찌푸렸다.

"창 련주와 인보방의 단방주, 그리고 유관회의 곽회주, 거여방의 황방주까지 모두 함께 도착한다고 하니 어찌 신경이 쓰이지 않겠느냐?"

염백천의 얼굴에 주름이 짙어지고 있었다.

그로서는 자신이 차려놓은 밥상에 외부인들이 주빈석

을 차지한 느낌이 들어서 불안한 표정이었다.

하지만 염백천의 손녀 염소하는 전혀 신경을 쓰는 표정이 아니었다.

염소하가 꼭 다물어진 입을 열었다.

"그분들이 온다고 해도 결과는 바뀌지 않을 거예요. 그쪽에서 선점하지 못한 한국 쪽 사업을 뚫은 것은 우리 청지림이니까요. 련주께서도 그 점은 분명하게 알고 있을 거예요."

염백천이 머리를 흔들었다.

"련주는 그렇다고 하더라도 나머지 3 방파의 수장들은 그렇게 하지 않을 것이다."

염백천은 갑작스럽게 한국에서 사해련 수장의 회동을 제의한 련주 창여걸이 청지림 외에 나머지 세 방파의 수장을 데리고 한국으로 건너오는 것이 부담스럽기만 했다.

지금까지 한세한방병원의 요청으로 한국에 도착해서 청지림의 텃밭을 다져 놓고 있었던 것을 마치 훼방을 놓으려는 느낌까지 들었던 것이다.

염소하가 머리를 흔들었다.

"그렇게 되면 우리 청지림과 나머지 세 방파가 서로 세력다툼을 할 거예요. 우리로서는 한국에 대한 기득권을 포기할 수 없는 일이고 세 방파가 한국에서의 이권을 노

14

리고 끼어든다면 사해련이 와해될 수도 있으니까요. 아마 련주도 거기까지 사해련의 내부다툼이 번지길 원하지는 않을 테죠."

손녀의 분석에 염백천이 어금니를 깨물었다.

한국에 도착해서 한세한방병원의 이만우 원장의 도움으로 한국사회의 고위층이라고 할 수 있는 김대길 차장검사와 유명한 법무법인 제니스의 송태현 사장만나 의형제의 연을 맺었다.

그러면서 나름 청지림이 한국에서 터를 잡을 수 있는 기반을 만들어 놓았다고 생각했다.

또한 차후 그들의 도움으로 정식으로 한국에서 청지림의 지파를 둘 수 있는 기회를 얻었다고 생각했던 염백천이었다.

청지림이 한국에 지파를 두게 되면 한국을 발판으로 일본을 비롯해 서구권까지 청지림의 영역을 넓혀갈 수 있는 기회를 얻는 거나 마찬가지다.

때문에 염백천은 절대로 한국을 포기하고 싶은 생각이 없었다.

하지만 그 청지림의 원대한 꿈을 같은 사해련 소속의 세 방파가 욕심을 내고 있으니 꺼림칙하면서도 부담이 되었다.

염백천이 손녀 염소하를 바라보았다.

"련주가 정말 다른 방파의 한국진출을 막아 줄 수 있을 것이라고 생각하느냐?"

염소하가 웃었다.

"막지 않는다면 사해련 내부에서 자중지란이 일어날 것임을 련주가 바보가 아닌 이상 모를 리 없으니까요."

"흠……."

염백천의 눈빛이 깊어졌다.

그때였다.

똑똑.

문에서 노크 소리가 들리면서 청지림의 수하인 목건위의 목소리가 들려왔다.

"속하 목건위입니다. 사해련의 련주님과 삼해의 수장들께서 도착하셨습니다."

청지림에서 데려온 목건위가 사해련주와 인보방의 방주와 유관회의 회주 그리고 거여방의 방주를 데리고 이제야 도착한 것이다.

염백천과 염소하의 시선이 서로 마주쳤다.

염소하가 머리를 끄덕였다.

"모시거라."

"예."

대답과 동시에 문이 열렸다.

딸칵.

스르륵—

문이 열리는 순간 약간 비대한 체구의 50대 남자의 모습이 보였다.

뒤쪽으로는 묘한 미소를 머금고 있는 세 명의 노인들이 수행원인 듯한 사람 십여 명과 함께 서있었다.

앞장선 50대의 남자가 염백천을 보는 순간 두 손을 마주잡았다.

"하하 오랜만입니다. 염림주님."

염백천도 급하게 두 손을 마주잡으며 인사를 했다.

"어서 오십시오. 련주. 기다리고 있었습니다."

"하하 그렇습니까?"

창련주라 불리는 50대의 사내가 부드러운 시선으로 염백천을 바라보았다.

사해련주 창여걸.

현 중국중앙당 정치국 상무위원이자 중국공산당 부주석의 또 다른 신분이 바로 사해련의 련주라는 것은 사해련 내부에서도 고위급들만 알고 있는 비밀이었다.

현 중국의 주석인 모여걸의 대를 이어 차기 중국의 국가주석으로 추대 될 것이라는 것이 은밀하게 중국 정치국 내부에서도 흘러나올 정도의 거물이었다.

그런 그가 일반인의 신분으로 한국에 은밀하게 들어왔다고는 그 누구도 상상하지 못할 것이다.

사해련의 련주인 창여걸이 힐끗 염소하를 바라보며 빙 굿 웃었다.

"허허 청지림의 제갈량이라는 염 아가씨는 날이 갈수록 예뻐지는 것 같군."

창여걸의 말에 염소하의 얼굴이 살짝 붉어졌다.

"과찬이세요 련주님. 오랜만에 련주님을 뵙습니다."

"하하, 염련주가 한국에 있다고 하니 오지 않을 도리가 없었지. 이렇게 다시 만나게 되니 오히려 내가 기분이 좋아."

창여걸이 기분이 좋은 듯 입을 크게 벌리고 호탕하게 웃었다.

창여걸의 뒤를 이어 세 명의 노인들과 노인을 수행하는 몇 명의 사내들과 여자들이 안으로 들어섰다.

"오랜만이오. 염련주."

염백천의 두 손을 마주잡은 회색양복의 노인이 붉은빛의 얼굴에 환한 미소를 머금고 인사를 했다.

염백천도 마주 인사를 했다.

"어서 오시오 단방주."

단방주라는 노인은 사해련의 수좌격인 인보방의 방주 단관휘를 말하는 것이며 올해 나이 68세의 노인이었다.

얼굴이 대춧빛처럼 붉어 늘 홍조를 띠고 있기에 단방주에겐 따로 동야(童爺)라는 별명이 붙어 있었다.

어린 노인이라는 뜻이었다.

인보방의 방주인 단관휘가 빙그레 웃으며 염백천의 얼굴을 보다가 이내 시선을 돌려 염소하를 바라보며 입을 열었다.

"소하는 볼 때마다 더 아름다워지니 염련주께서 늘 옆에 두시고 싶어두시는 것을 이해할 말 하구나."

염소하가 생긋 웃었다.

"단방주님께서는 날이 갈수록 어려지시니 다음에 볼 때는 동야가 아닌 동아(童兒)로 불러 드려야 할 것 같네요."

"하하하 그러냐?"

날이 갈수록 어려진다는 말에 기분이 좋아진 단관휘가 염소하를 보며 이를 드러내고 웃었다.

단관휘의 뒤를 이어 유관회의 곽문걸 회주가 염백천을 향해 인사를 했다.

"염련주께서 이렇게 한국에 계실 줄은 몰랐습니다. 하하."

염백천이 약간 씁쓸한 미소로 살짝 웃으며 마주 인사를 했다.

"저 역시 이렇게 친히 곽회주께서 오실 줄은 몰랐습니다."

마지막으로 사해련에서 마지막 4좌의 자리를 차지하는

거여방의 방주 황군화가 염백천을 향해 인사했다.

"염련주를 뵙습니다."

"어서 오시오 황방주."

한국의 서울에서 중국의 사해련의 회합이 이루어지는 순간이었다.

련주를 포함한 4명의 수좌들과 인사를 나눈 염백천이 거실의 한가운데를 손으로 가리켜며 입을 열었다.

"음식을 준비해 놓았습니다. 련주와 세 분 수좌께서 오신다는 말을 듣고 서둘러 준비해 놓았는데 우리 중국과는 달리 한국이라서 그다지 변변하지 못합니다."

염백천의 말에 사해련의 련주 창여걸이 빙그레 웃었다.

"허허 아닙니다. 이렇게 준비해 주시니 그 것만으로도 감사할 따름이지요. 자, 염련주께서 이렇게 우릴 환영해 주시니 우리 앉아서 그동안 나누지 못했던 회포나 풀어 봅시다."

"예."

"예."

련주 창여걸의 말에 나머지 세 방파의 수장들이 거실 한가운데의 테이블 주변에 놓인 의자에 앉았다.

의자는 모두 다섯 개뿐이었다.

사해련의 회합에는 련주를 포함한 사해의 수장들 외에

는 동석할 수 없다는 규칙이 있었기에 염소하를 비롯한 다른 방파의 수행원들도 그들의 뒤에 시립하는 것으로 만족해야 했다.

염소하는 할아버지 염백천의 뒤쪽 두어 걸음 뒤에서 뒷짐을 진채 회합장을 바라보고 있었다.

그녀의 주변으로 청지림의 수하 목건위와 이무연, 종하명이 마치 염소하를 호위하듯 둘러섰다.

련주 창여결과 세 명의 수좌들 뒤쪽으로도 그들을 수행해온 수행원들이 마치 병풍처럼 둘러서고 있었다.

사해련의 회합이 있을 때면 늘 벌어지는 상황이었기에 그것을 거북해 하는 사람은 아무도 없었다.

체면과 위신을 무엇보다 중요시 하는 중국 특유의 관습이었다.

사해련의 회합 때도 수행원들이 벽처럼 둘러서 있는 것을 자신의 체면으로 생각하는 것이다.

그때 염소하의 옆으로 누군가 다가섰다.

마치 연예인처럼 하얀 양복을 걸친 20대의 사내였다.

턱이 날카롭고 눈썹이 짙으며 입술이 얇은 날카로워 보이는 인상의 청년이었다.

청년이 염소하의 모습을 아래위로 훑어보며 살짝 웃었다.

청년이 염소하의 옆에 서 있는 목건위를 힐끗 보며 어

깨로 살짝 밀어냈다.

목건위가 굳은 표정으로 밀려났다.

목건위는 사내가 누군지 잘 알고 있다는 표정을 지었다.

청년이 비위에 거슬리고 무례한 행동을 했지만 그 행동에 항의를 할 수도 없는 일이었다.

청년이 누군지 너무나 잘 알기 때문이었다.

흰색 양복을 걸친 사내가 염소하를 보며 웃으면서 입을 열었다.

"오랜만이네? 오랜만에 보니 예전보다 더 예뻐진 것 같기도 하고."

흰색 양복차림의 사내의 말에 염소하가 그를 힐끔 보았다.

염소하의 표정은 무표정했다.

"단 오빠의 그 능글맞은 미소는 달라진 게 없이 여전하네."

흰색 양복차림의 사내는 사해련의 하나인 인보방의 방주 단여걸의 외아들 단목승이었다.

인보방은 사해련의 사업 중 인신매매와 장기밀거래 같은 비인간적인 사업이 주력이었다.

인보방에서 인신매매를 위해 납치해온 여자들을 강간하고, 반항할 경우 장기를 꺼내 적출하여 시신을 몰래 내

다버릴 정도로 잔인한 자가 바로 단목승이다.

염소하도 그런 단목승에 대한 소문을 들었기에 그를 볼 때면 항상 징그럽다는 느낌이 먼저였다.

염소하가 속한 청지림에서도 인신매매와 장기적출 등 사악한 짓을 하고 있었지만 단목승의 사문인 인보방처럼 심하지는 않았기 때문이다.

청지림은 마약제조와 사채업, 어린아이의 인신매매와 같은 것이 주력이었다.

그 때문에 사해련에서 청지림이 말석을 차지한 거여방에 비해 한 계단 높은 3좌의 자리를 차지하고 있었다.

중국 상해에 위치한 인보방에는 단목승이 소유한 최고급차가 20대가 넘는다고 알려져 있었고 상해지역에서는 아예 단목승이 황태자처럼 살고 있다는 말까지 돌았다.

하긴 사해련의 수좌격인 인보방의 뒤에는 사해련의 련주 창여걸이 버티고 있었기에 그 누구라도 단목승을 건드릴 사람은 없을 것이다.

그런 단목승이 예전부터 염소하에게 치근거리고 있다는 것은 사해련 내부에서도 알 만한 사람은 다 알고 있는 사실이었다.

단목승이 아버지 단여걸에게 염소하를 자신의 아내로 맞이할 수 있도록 매파를 놓아 달라고 한 말은 염소하도 들은 적 있다.

단목승은 오랜만에 보는 염소하가 전과 변함없이 자신을 향해 쌀쌀맞게 구는 것이 싫지 않았다.

단목승이 이를 드러내며 빙그레 웃었다.

"소희의 톡톡 쏘는 그것도 여전히 예뻐."

"……."

염소하는 아무 말도 하지 않았다.

말대답을 할 경우 단목승이 그것을 물고 늘어지며 계속해서 자신에게 치근댈 것이라는 것을 알기 때문이다.

단목승은 염소하가 아무 말도 하지 않자 염소하의 옆모습을 바라보았다.

눈빛이 물기에 젖어 있는 듯 촉촉했고 얇은 입술에는 거북스럽게 느껴지는 미소가 걸려 있었다.

단목승이 허벅지까지 트인 염소하의 검은색 치파오 차림을 훑어보며 혀를 내밀어 입술을 핥았다.

보일 듯 말 듯한 치파오의 옆트임으로 인해 드러난 염소하의 매끈하고 하얀 허벅지의 살결이 매혹적이었다.

그런 염소하의 모습을 노골적으로 훑어보며 입술을 핥는 단목승은 너무나 징그럽게 보였다.

말 그대로 뱀처럼 사악해 보이는 단목승을 향해 염소하는 전혀 시선을 돌리지 않았다.

염소하의 신경은 오로지 사해련의 련주와 세 방파의 수좌들이 갑작스럽게 한국으로 입국해서 자신과 할아버지

를 찾아 오게 된 이유에 쏠려 있었다.

그녀는 거실 한가운데의 테이블을 차분한 시선으로 바라보고 있었다.

오늘 회합의 결과에 의해 청지림의 새로운 미래가 열릴 수도 있었기에 염소하는 시선을 돌리지도 않고 관심 깊게 주시했다.

"련주께서 왜 갑작스럽게 이렇게 세 분의 수좌 분들과 함께 저를 찾아오셨는지 궁금하군요."

염백천이 힐끗 사해련주 창여걸을 바라보았다.

창여걸이 테이블 위에 놓인 차를 들어 입으로 가져갔다.

살이 찐 그의 턱이 살짝 떨리며 향긋한 차가 입안에 가득 고였다.

달그락—

절반쯤 비워진 찻잔을 찻잔받침 위에 내려놓은 창여걸이 염백천을 바라보았다.

"그 전에 염련주께 한 가지만 물어도 되겠습니까?"

염백천이 련주 창여걸의 시선을 마주보며 입을 열었다.

"말씀하십시오."

염백천의 대답을 들은 창여걸이 머리를 끄덕이며 천천히 입을 열었다.

"예전 천진에서 회합을 할 때 사해련의 해외진출은 독자적으로 결정할 일이 아니라고 했던 것을 기억하십니까? 사해련의 규율 상 사해련에 피해가 있을 수 있는 사안은 총회합에서 합의에 의해 결정해야 한다고 한 것 말입니다."

"물론 알고 있습니다."

"그런데 그런 결정이 있는데도 청지림은 련의 합의를 무시하고 이렇게 독자적 판단으로 한국진출을 결정한 것을 어찌 설명하시겠소?"

염백천이 잠시 눈을 깜박이다가 입을 열었다.

"련주께서 오해를 하신 것입니다. 우리 청지림은 독자적으로 한국으로 진출한 것이 아닙니다."

"뭐라고요?"

사해련의 련주 창여걸의 눈빛이 번득였다.

살이 찐 창여걸은 비대한 덩치만큼이나 둔하고 굼뜰 것 같은 선입감을 주는 사람이었다.

그러나 이렇게 한순간에 표정이 달라질 경우 그와 대면하는 사람은 자신도 모르게 위축감을 느꼈다.

그리고 그의 그런 기질이 지금의 중국국가 부주석이라는 권력의 최정점에 올려놓는 바탕이 되었다.

염백천의 말에 듣고 있던 인보방의 방주 단관휘가 끼어들었다.

"염림주의 말은 어폐가 있는 것 같소. 그렇다면 염림주와 소희가 현재 이곳에 머물고 있는 이유가 뭐요? 청지림이 이곳 한국에 있는 것은 청지림이 한국에 새로운 지파를 만들려는 것이 아니오? 천진에서 합의한 대로라면 청지림의 한국진출은 우리 인보방이나 유관회 그리고 거여방을 비롯해 최종적으로 련주의 재가가 있어야만 가능한 것이지 않습니까?"

단관휘의 눈빛이 번뜩였다.

단관휘의 인보방은 새로운 사업거점으로 한국을 최상의 지역으로 이미 내부적으로 결정해 놓은 상황이었다.

다만 인보방이 한국으로 진출한다면 인신매매, 장기매매, 불법무기거래, 사채업 등이 한국에서 벌어지면서 단시간에 한국사회가 시끄러워질 것은 당연했다.

그것이 문제가 되어 사해련의 실체가 드러날 것을 우려한 련주 창여걸의 만류로 겨우 참고 있던 상황이었다.

한국사회가 가장 민감하게 반응하는 것이 비인도적인 범죄와 그 주체가 외국계열일 경우의 반감이었다.

더구나 그 상대가 중국이라면 영원히 한국진출은 꿈도 꿀 수 없는 상황으로 변할 것이기에 사해련으로서도 망설이지 않을 수 없었다.

그런 상황에서 사해련 내부의 합의도 거치지 않고 청지림이 독자적으로 먼저 한국진출을 선점했다는 것이 인보방에게는 엄청난 충격으로 다가왔다.

인보방의 관점으로 본다면 한국진출은 황금덩이가 통째로 굴러들어오는 노다지 시장인 셈이었다.

그것을 청지림에게 먼저 뺏기게 되었으니 단관휘는 그야말로 엄청난 질투심에 배가 아플 지경이었다.

염백천이 힐끗 단관휘를 바라보았다.

이미 욕심이 산처럼 높이 쌓여 있는 인보방 방주 단관휘가 자신과 손녀의 한국체류에 딴죽을 걸 것을 이미 짐작하고 있던 염백천이었다.

"단방주는 내가 일부러 우리 청지림의 한국진출을 선제했다고 보시오?"

단관휘가 혀를 찼다.

"핑계를 대려면 그럴싸한 핑계를 대야 할 것이오. 염련주와 청지림의 독자적인 한국진출은 명백하게 련주의 재가를 받지 않은 청지림의 독단적 행동이며, 이것에 대한 책임을 반드시 져야 할 겁니다."

단관휘의 말에 사해련의 련주 창여걸이 염백천을 바라보았다.

"나의 생각도 단방주의 생각과 같소. 알아둘 것은, 내가 현 모주석의 뒤를 이어 차기 국가주석의 자리에 오르면 한국정부와 대대적인 인적교류를 외교를 통해 성사시킬 생각이었소. 무비자 정책과 한국과의 경제정책 수

정 등 파격적인 교류정책을 통해 자연스럽게 사해련의 한국진출을 추진할 생각이었단 말이오. 그런데 염련주께서는 제 생각보다 앞질러 일을 추진해 버렸으니 저의 계획에 차질이 생기게 되었습니다. 그것은 염련주와 청지림의 명백한 오산이고 실수라고 생각하오."

창여걸의 시선이 예리하게 염백천을 바라보았다.

염백천이 잠시 눈을 감았다가 떴다.

"저와 손녀가 먼저 한국으로 오게 된 연유를 설명하는 것이 순서겠군요."

염백천은 한국의 한세한방병원의 원장 이만우가 연유를 알 수 없는 불치의 병을 치료할 의사를 찾는다는 요청을 청지림에 보내온 것을 설명했다.

그리고 이만우가 중국 북경에서 벌어진 동양의학을 논의하고 한방치료의 실례를 시범하는 세미나에서 자신을 만나고 청지림에 대한 한방의학에 대한 수준에 탄복했던 장면까지 설명했다.

염백천이 설명하는 동안 아무도 입을 열지 않았다.

"새로운 병증의 환자가 있다는 말에 청지림의 수좌로서 호기심을 느끼지 않을 도리가 없었습니다. 또한 언젠가는 한국으로 진출해서 사해련의 거점을 만들어야 한다고 생각하고 있던 차에 현 한국의 내부 상황을 직접 내 눈으로 관찰할 수 있는 기회를 얻었기에 손녀와 함께 한국으로 오게 된 것이지요. 련주의 말대로 무작정 기다리고 있는 것보다는 적의 내부를 먼저 알아보는 것이 나쁘지 않다고 생각한 것입니다."

염백천의 말에 사해련주 창여걸의 눈빛이 번득였다.

아무 말도 하고 있지 않았지만 그의 눈빛에서 무거운 진중함이 느껴졌다.

염백천이 다시 입을 열었다.

"한국에 도착해 보니 과연 저로서도 영문을 알 수 없는 기이한 병증을 지닌 환자 두 명이 있었습니다. 전신의 혈맥이 무언가에 꽉 틀어 막혀 운신을 할 수가 없는 환자였지요. 20살이 겨우 넘은 것 같은 젊은 청년들이었는데 그 아이들이 천천히 죽어가고 있었기에 저에게 도움을 청해온 것이 이해가 되었습니다. 저 역시 그렇게 자신은 없었지만……."

염백천이 계속해서 당시의 일을 설명하려는 순간 염백천의 뒤에서 낭랑한 목소리가 울렸다.

"할아버지께서는 그 죽어가던 두 명의 한국청년들에게 대보전을 시행하셨어요. 아시겠지만 모르신다면 지금 설명해 드리지요. 대보전은 우리 청지림에서도 할아버지만 시행할 수 있는 수법으로, 사람의 인체 혈맥 365군데에 장침과 소침 중침을 이용해서 혈맥을 활성화 시키는 방법이에요. 그리고 할아버지께서 대보전을 시행하

시고 난 이후 그 청년들은 다시 살아나게 되었어요."

염백천의 말을 이어 설명한 것은 염소하였다.

사해련의 련주 창여걸이 눈을 크게 뜨고 껌벅이면서 염소하를 바라보았다.

염백천이 머리를 끄덕였다.

"노부의 손녀 말대로 대보전을 시전해서 그 청년들을 살려냈습니다. 근데 그 청년들을 살려내고 보니 참으로 예상치 않았던 일들이 벌어졌습니다."

염백천이 말을 이어갔다.

"두 청년 중 한 명의 아버지가 현 한국 대검찰청 소속의 차장검사라는 높은 지위에 있는 사람이었지요. 다른 한 사람은 그 차장검사의 친구라는 사람이었는데 역시 한국에서 엄청나게 유명한 법률회사의 사장이었소."

염백천의 말에 창여걸을 비롯해 다른 세 명의 수좌들이 놀란 듯 염백천을 바라보았다.

염백천이 말을 이었다.

"어쩌다 보니 저와 그분들이 기묘한 인연으로 엮인 것이지요."

그때 다시 염소하가 끼어들었다.

"할아버지와 그분들이 서로 의형제를 맺기로 한 거예요. 그 두 사람과 이어진 인연은 향후 우리 사해련에 상당한 도움이 될 것이라고 생각했기에 서둘러 돌아가지 못하고 이곳에서 그들과의 친분을 쌓으려고 했고요. 그리고 그게 련주님과 세 분 수좌님들에게는 우리 청지림이 한국에 독단적으로 진출했다는 오해를 불러일으킨 것이에요. 솔직하게 말하자면 맞아요. 우리 청지림은 그들을 이용해서 한국에 새로운 지파를 설립하는 것도 어렵지 않다고 생각했어요. 만약 그렇게 된다면 사해련의 다른 방파에서도 나쁘지 않을 거라고 생각했으니까요."

염소하의 말에 창여걸이 눈을 반짝이며 염백천과 염소하를 번갈아 바라보았다.

"손녀분의 말이 맞습니까?"

창여걸이 염백천을 보며 물었다.

염백천이 머리를 끄덕였다.

"손녀의 말이 틀림없습니다."

"허허 묘한 인연이군 그래."

창여걸이 기묘해 하는 얼굴로 염백천을 바라보았다.

염백천이 련주인 창여걸의 얼굴을 바라보며 입을 열었다.

"근데 그런 문제라면 련주께서 저와 손녀를 중국으로 소환하여 문책하시면 될 일을 이렇게 세 분 수좌들과 함께 직접 저를 만나러 한국으로 오신 것이 잘 납득이 가지 않습니다."

염백천은 련주 창여걸이 고작 그 문제를 가지고 사해련

의 남은 세 수좌들과 동행하여 자신을 찾아왔다고는 생각이 들지 않았다.

그저 청지림의 한국진출을 포기하고 중국으로 돌아오라는 지시를 내리면 돌아갈 것이었기 때문이다.

창여걸이 머리를 끄덕였다.

"염련주의 말씀이 맞습니다. 고작 그런 이유로 염련주를 찾아올 리는 없겠지요."

창여걸의 공식적인 직함은 중국국가 부주석이라는 엄청난 신분이었다.

한가할 일도 없겠지만 이렇게 몰래 공식적인 신분이 아닌 개인적인 신분으로 몰래 한국 땅을 찾아올 상황은 더더욱 아닐 것이다.

창여걸이 힐끗 머리를 돌려 지금까지 아무런 말도 하지 않고 있던 말석의 거여방 방주 황군화를 바라보았다.

"황방주. 설명해 주시구려."

창여걸의 말에 거여방의 방주 황군화가 머리를 숙였다.

"예, 련주."

거여방의 방주 황군화가 머리를 들면서 염백천을 바라보았다.

황군화의 입이 열렸다.

"여기에 있는 창련주와 우리 세 사람은 알고 있었지만

염련주께서는 이곳 한국에 머물고 있었기 때문에 모르고 있을 테니 처음부터 설명하지요. 염련주께서 이곳 한국에 있는 동안 묘한 일이 벌어졌소. 염련주도 알고 있다시피 우리 거여방의 홍콩지부인 금화단에 한 가지 이상한 의뢰가 들어왔소."

염백천의 이마가 살짝 찌푸려졌다.

금화단은 홍콩과 인접한 광주에 본거지를 두고 있는 거여방의 지파와 같은 곳이었다.

중국본토에서 사업을 확장하고 있던 거여방이 지파격인 금화단이라는 조직을 만들어 홍콩에 본거지를 두고 삼합회의 조직 중 하나로 활동하고 있었다.

삼합회는 중국의 흑사회와는 달리 홍콩, 대만, 싱가폴, 마카오 등을 무대로 활동하는 조직으로 알려져 있었다.

그 때문에 중국의 흑사회와는 완전히 차별이 되는 조직으로 중국 흑사회가 삼합회의 내부의 영향력을 확보하기 위해 광동성 일대를 장악하고 있는 광주의 거여방의 힘을 빌려 금화방이라는 별다른 조직이 따로 구성되었던 것이다.

그것은 사해련 내부에서는 누구나 알고 있는 사실이었다.

거여방의 방주 황군화가 입맛을 다시며 다시 입을 열었다.

"연유는 알 수가 없지만 북경에 있는 화신공사의 고위
층으로부터 하나의 의뢰가 은밀하게 삼합회에 전해졌다
는 것이었소. 물론 그 의뢰는 우리 금화단에도 전해졌지
요. 의뢰의 보수는 현찰로 미화 5,000만불짜리였소. 또
한 같은 의뢰가 홍콩뿐만 아니라 일본의 야쿠자와 대만
의 삼합회에도 역시 같은 조건으로 주어졌소. 알아보니
화신공사의 의뢰는 미국의 청부조직에게도 역시 같은
조건으로 의뢰되었소. 말 그대로 전 세계의 모든 조직에
게 같은 청부의뢰가 내려진 셈이지요."

"그, 그게 무엇이오?"

염백천이 눈을 껌벅이며 물었다.

화신공사라는 회사를 모르는 중국 사람은 없을 것이
다.

첨단기계공학과 첨단장비분야에서 서방계열의 회사와
는 달리 기술력이 떨어지는 중국에서 기술력을 확보하
기 위해 막대한 자본력으로 독일의 콜퀸정밀이라는 회
사를 인수하고, 그것도 모자라 일본과 대만의 중소규모
의 회사를 문어발식으로 끌어들였다.

그 결과 설립된 것이 화신공사라는 초정밀 의료기기와
계측기 분야의 순수 중국자본의 회사였다.

화신공사는 중국정부의 일방적인 지원을 받아 나름 상
승세를 타고 있던 회사였다.

또한 향후 초정밀 기계공학부문에서 세계 최고의 글로벌 회사로 성장한다는 큰 꿈을 가지고 있는 회사이기도 했다.

일설에는 조만간 미국의 레이얼 시스템과 합작을 통해 차후 레이얼 시스템을 합병인수할 것이라는 소문까지 돌고 있었다.

그런 화신공사에서 홍콩의 삼합회에 은밀한 의뢰가 들어왔다는 것은 놀랄 만한 뉴스거리였다.

더구나 삼합회뿐만 아니라 일본이 야쿠자를 비롯해서 미국의 청부조직에게도 같은 의뢰가 건네졌다는 것은 전 세계의 모든 조직들에게 의뢰가 떨어진 것을 의미했다.

염백천이 굳은 얼굴로 물었다.

"그 의뢰라는 게 뭡니까?"

황군화가 입술을 잘근 깨물었다.

"남자 한 명과 여자 한 명을 납치하는 것인데, 그 두 사람을 잡아서 그들을 은밀한 곳으로 압송하라는 의뢰였소. 단 남자는 수족이 잘리건 팔다리가 잘리건 상관없지만 반드시 목숨만은 남아 있어야 한다는 것이고, 여자는 말 그대로 털끝 하나 건드리지 말고 데려와야 한다는 묘한 의뢰였소."

황군화의 말이 끝나기도 전에 듣고 있던 사해련의 련주

창여걸이 끼어들었다.

"황방주의 말을 듣고 나도 화신공사에 은밀하게 알아보니 화신공사의 회장 진고연 회장이 연루된 일이었소. 아시다시피 화신공사의 진고연 회장은 모영학 주석의 매제이니 나라고 해도 진고연 회장을 건드릴 수는 없었소이다. 하지만 확실한 것은 미국의 레이얼 시스템이라는 회사와 상당히 깊게 연루가 되어 있다는 것이오. 레이얼 시스템은 화신공사에서 상당히 인수를 욕심내던 회사인데 무슨 연유인지 그런 레이얼 시스템과 진회장 사이에 그 두 젊은 남녀가 상당히 중요한 사람들이라는 것은 분명하오."

련주 창여걸의 말에 염백천이 이마를 찌푸렸다.

"그게 저와 무슨 상관이 있습니까? 그게 련주와 세수좌께서 저를 찾아올 이유가 되는 겁니까?"

염백천은 화신공사에서 무슨 의뢰를 했든 자신과는 전혀 상관없는 일이라고 생각했다.

창여걸이 빙긋 웃기만 하자 황군화가 염백천을 보며 입을 열었다.

"화신공사에서 납치를 의뢰했던 그 두 남녀가 누군지 아십니까?"

"그게 누굽니까? 전 별로 관심이 없어서……."

염백천이 아무렇지 않은 얼굴로 되물었다.

누구를 납치하든 죽이든 그것은 자신과는 전혀 상관없는 일이라고 생각했기 때문이다.

황군화가 입을 열었다.

"화신공사에서 의뢰한 두 명의 남녀는 현재 이곳 한국에 살고 있는 한국인들이었습니다."

황군화의 말이 끝나는 순간 염백천의 얼굴이 굳어졌다.

"한국인이라고요?"

염백천은 현재 자신이 머물고 있는 한국이라는 나라에 살고 있는 두 남녀가 연관되어 있다고 하자 어리둥절한 표정을 지었다.

담담한 얼굴로 듣고 있던 염소하까지 놀란 얼굴로 황군화를 바라보았다.

황군화가 다시 입을 열었다.

"그렇소. 화신공사에서 왜 그 두 남녀의 납치를 의뢰했는지 모르지만, 그렇게 엄청난 대가를 지불하면서까지 삼합회를 포함한 전 세계의 청부업자들에게 의뢰를 했다는 것은 우리가 예상하지 못한 엄청난 이유가 있을 것이라는 생각이 들었소. 그리고……."

황군화가 힐끗 사해련의 련주 창여걸을 바라보았다.

창여걸이 머리를 끄덕이며 입을 열었다.

"황방주가 말한 것처럼 화신공사의 진고연 회장이 전

세계의 조직에게 의뢰를 제의할 정도로 그렇게 두 한국 남녀에 대한 집착을 하고 있다면 분명히 그 연유가 있을 것이오. 그 이면에는 반드시 모주석도 연관이 있을 것이라는 생각이 들었소. 난 그 두 명의 한국남녀가 왜 화신공사의 진고연 회장이 그토록 집착하는 것인지 그 이유를 알고 싶었소. 염련주도 알다시피 다음 중국공산당 전국대표회의의 소집날짜가 확정되었고 현 모주석에게 결점이 있다면 차기 국가주석에는 내가 지명될 것은 분명할 겁니다."

창여걸의 말이 끝나는 순간 염백천의 얼굴이 굳어졌다.

련주 창여걸은 두 명의 한국남녀 납치의뢰의 배후에 모영학 주석이 관여되어 있으리라고 생각하는 것이다.

만약 그것이 드러난다면 중국의 국가주석이 바뀔 것은 분명했다.

지금도 당서열 2위로서 차기 국가주석의 자리에 창여걸이 지명될 것이라는 소문이 돌고 있던 참이었다.

창여걸이 이를 드러내며 웃었다.

"난 내가 집권하게 되면 모주석과 관련된 자들을 모조리 숙청할 겁니다. 그것은 화신공사의 진고연 회장이라도 해도 변하지 않을 것이오."

염백천이 창여걸의 얼굴을 보며 물었다.

"련주께서는 어찌하실 생각이십니까?"

창여걸이 웃으면서 대답했다.

"누군가 무언가를 간절히 원하는 것이 있다면 그것을 먼저 차지한다면 어떻게 될 것 같소?"

"아!"

염백천의 입이 벌어졌다.

창여걸은 화신공사의 진고연 회장이 의뢰한 한국인 남녀 두 명을 먼저 빼돌리려는 생각이었다.

창여걸이 이를 드러내고 웃었다.

"화신공사의 진여걸 회장은 자신이 숨기고 있는 것을 모두 털어놓아야 할 겁니다. 그리고 그게 우리 사해련의 새로운 세상이 열리는 순간의 첫걸음이 될 것이오."

듣고 있던 염소하가 물었다.

"그 한국인 남녀가 누군지 들었나요?"

거여방주 황군화가 대답했다.

"이름만 알 뿐 아직 얼굴도 모르고 있는 사람들이네."

"이름이 뭔가요?"

"한국인 이름으로 김동하라는 남자와 한서영이라는 여자였네."

순간 염소하의 눈이 살짝 커졌다.

한서영이라는 여자의 이름이 너무나 귀에 익었기 때문이다.

"누구라고요?"

염소하는 얼마 전 공항에서 두 명의 한국남녀가 한국항공의 윤태성 회장을 구해주던 장면을 보고 놀라며 소리치던 김종현과 송영철로 인해 김종현의 아버지 김대길 차장검사가 결국 알아낸 한서영이라는 이름을 생생하게 떠올렸다.

그 때문에 한서영의 집까지 완벽하게 알아내었기에 조만간에 그 두 사람을 찾아가볼 생각이었다.

아들의 일이라면 끔찍이도 생각하는 김대길 차장검사와 송태현 사장에게 할아버지와의 친분을 이어가게 해주기 위해서 나름 자신이 생각하는 보답을 해줄 생각이었기 때문이다.

더구나 자신도 보았던 공항에서의 그 장면에 비친 한서영의 모습은 여자로서도 질투가 느껴질 정도로 아름다웠기에 두 번 다시 얼굴을 들고 다닐 수 없을 정도로 망가트려 놓을 생각을 가지고 있었다.

한편 황군화는 염소하가 놀라는 얼굴로 되묻자 눈을 껌벅였다.

"왜 그렇게 놀라는 것인가? 아는 이름인가?"

염소하가 다시 물었다.

"그 한국 여자의 이름이 한서영이라는 이름이 맞나요?"

황군화가 눈을 동그랗게 뜨며 머리를 끄덕였다.

"맞아. 한서영이라는 이름이야. 근데 염 아가씨는 어떻게 그 여자를 알지?"

염소하가 빠르게 되물었다.

"그 여자가 뭐하는 여자인지도 들었나요?"

"표적의 신분내용은 그냥 단순했네. 두 남녀가 상당히 젊다는 것. 그리고 두 명이 모두 의사라는 것이었는데……."

"아!"

염소하가 입을 살짝 벌리며 탄성을 터트렸다.

순간 거실 안이 조용해졌다.

사해련의 련주 창여걸이 염소하를 바라보며 물었다.

"염 아가씨가 아는 이름이었나?"

염백천도 손녀 염소하의 모습에 눈을 치켜떴다.

"소하야."

염소하가 할아버지 염백천을 보며 눈을 동그랗게 뜨고 입을 열었다.

"할아버지. 그 여자예요."

"그 여자?"

"두 멍청이가 텔레비전을 보고 놀라서 소리치던 그 여자 말이에요."

염백천이 이마를 찌푸렸다.

"무슨 소리냐? 멍청이들이 놀란 여자라니?"

"공항에서 한국항공의 회장을 구해주었다고 뉴스에 나왔던 그 여자 말이에요. 어제도 그 여자 집을 확인하러 갔었잖아요."

염소하의 말에 염백천의 턱이 부르르 떨렸다.

"그, 그렇구나."

염백천이 눈을 껌벅이며 입을 벌리고 있었다.

염소하가 황군화를 바라보며 빠르게 입을 열었다.

"그 한서영이라는 여자의 사진이 있나요?"

황군화가 머리를 흔들었다.

"사진은 없어. 다만 두 명의 남녀가 의사이며 부부라는 것, 그리고 상당히 젊다는 것과 남녀가 모두 잘생겼다는 것이 전부일 뿐이야."

염소하가 살짝 이마를 찌푸렸다.

"그것으로 어떻게 표적이 정확한지 알 수 있나요?"

황군화가 대답했다.

"두 사람이 얼마 전에 미국을 다녀왔다는 것과 미국에 머물 때 뉴저지의 토마스 레이얼 회장의 저택에 머물렀다는 정보뿐이야. 그것만으로 찾아내야 하지. 어쩌면 그 때문에 더욱 의뢰금이 비싼 것이었는지도 모르겠군."

염소하가 잠시 눈을 깜박이다가 입을 열었다.

"그 여자의 사진이 있다면 표적을 확인할 수가 있을까요?"

황군화가 눈을 깜박이다 대답했다.

"그럴 수 있을 거야. 약간의 시간이 걸릴진 모르겠지만 확실하게 하기 위해서 의뢰인에게 여자의 얼굴사진을 보내면 확인이 될 테니까 말이야."

염소하가 머리를 끄덕였다.

"알겠어요."

그때 창여걸이 다시 염소하를 보며 물었다.

"그 한서영이라는 여자를 알고 있나?"

"정확하게 의뢰를 받은 그 여자인지 모르지만 같은 이름은 분명해요. 그리고 확실하게 하기 위해서는 여자와 같이 있던 남자가 김동하라는 이름이라면 분명하겠지요."

염소하의 말에 창여걸이 묘한 미소를 머금었다.

"훗, 그렇지 않아도 한국에 오면 좋은 일이 생길 것 같은 예감이 들었는데 이렇게 첫발부터 행운이 따를 줄은 몰랐군."

창여걸이 빙그레 웃으며 염백천을 바라보았다.

"염림주."

"예. 련주님."

"청지림의 한국지부를 설립하도록 하세요. 사해련은 제가 주석에 오르는 순간 진출하도록 하겠습니다. 그때까지 한국은 염림주가 모든 책임을 지는 것으로 합시다."

사해련의 련주 창여걸이 결국 사해림의 일파인 청지림의 한국진출을 허락했다.

사해련주의 말에 인보방의 단관휘 방주가 끼어들었다.

"련주, 그럼 우리 인보방도 진출하겠습니다."

단관휘로서는 알토란같은 한국에서의 모든 이권을 청지림에 뺏기는 것은 견딜 수가 없었다.

창여걸이 물끄러미 단관휘의 얼굴을 바라보았다.

"한국은 이제 청지림의 염림주가 주도하게 될 것이니 단방주는 아쉽겠지만 조금 양보를 하도록 하시오."

"그게……."

단관휘의 이마에 힘줄이 솟아올랐다.

련주인 창여걸을 대동하고 이곳까지 찾아와서 염백천을 만나기 전까지는 청지림을 물러나게 하고 그 자리를 인보방이 차지하리라고 확신했지만 모든 것이 비틀어지고 있었다.

그때였다.

인보방의 단관휘 방주의 아들인 단목승이 사해련의 련주 창여걸의 앞으로 다가서며 이마를 숙였다.

"련주께 부탁을 드릴 일이 하나 있습니다."

창여걸의 눈살이 살짝 찌푸려졌다.

"뭐지?"

단목승이 빙긋 웃으며 입을 열었다.

"련주께서도 잘 아시겠지만 병법에서 전하기를 지피지기면 백전백승이라고 했습니다. 오래 묵은 퀴퀴한 냄새가 나는 말이지만 지금에 와서 따져 보아도 그다지 틀린 말은 아닌 것 같습니다. 그래서 련주께 부탁을 드립니다. 사해련이나 인보방의 일과는 상관없이 한국의 이곳저곳을 살펴보도록 허락해 주시길 바랍니다."

말을 하는 단목승이 굳은 얼굴로 서 있는 염서하를 보며 한쪽 눈을 찡긋 감아보였다.

염소하의 표정이 굳어지며 아예 머리를 돌려버렸다.

조금도 단목승과 같은 자리에 있고 싶은 생각이 없을 정도로 징그러운 느낌을 주는 사내였다.

사해련의 련주 창여걸이 잠시 단목승을 바라보았다.

"단순하게 그것뿐인가?"

단목승이 대답했다.

"허락해 주신다면 좀 전에 황방주님께서 말씀하신 그 두 남녀를 제가 직접 잡아서 련주께 데려오겠습니다."

"자네가 직접?"

사해련의 련주 창여걸의 눈이 살짝 커졌다.

사해련의 4 세력 중 가장 힘과 무력이 좋은 곳은 역시 제 1좌로 인정받고 있는 인보방이었다.

인보방에 전해지는 권술과 각술 그리고 각종 투기술은 세계적으로 소문난 무승의 수련장인 소림사에 비견될

46

정도로 수준이 높다고 인정받고 있었다.

특히 그중에 단목승은 방주인 아버지 단관휘에게 직접 무술을 전수받았다.

나름 강하다고 알려진 염소하도 단목승에게는 겨우 5분 정도 버틸 수 있을 정도로 강했다.

염소하가 단목승을 짐승 보듯 싫어하지만 단목승이 진심으로 자신을 상대한다면 위험할 수 있다는 것을 알기에 어쩔 수 없이 거부감을 표하며 밀어내는 것으로 만족할 뿐이었다.

단목승이 자신이 자처하고 나서자 사해련의 련주 창여걸이 잠시 눈을 깜박이다가 거여방의 방주 황군화를 바라보았다.

"황방주, 방주의 생각은 어떻소?"

련주의 질문을 받은 황군화가 잠시 눈을 깜박이다가 대답했다.

"단방주의 아들 단목승이라면 한국에서는 힘으로 누를 자가 없을 것입니다. 저 역시 제 아들과 딸을 데려왔으니 셋이 합치면 능히 쉽게 그들을 처리할 수 있을 겁니다."

황군화의 말에 그의 뒤쪽에 서 있던 젊은 남녀가 앞으로 나서며 이마를 숙였다.

"단 형제가 도운다면 쉽게 일을 마무리 할 수가 있을 겁니다."

"단 오빠라면 문제가 없을 거예요."

두 명의 남녀는 황군화의 아들인 황명과 딸 황선이었다.

두 사람 모두 단목승과는 친한 듯 단목승의 개입에 별로 거북해 하는 모습은 아니었다.

특히 황군화의 아들인 황명은 노골적으로 좋아하는 표정을 짓고 있었다.

단목승과 함께라면 한국에 머무는 동안 주지육림에 그야말로 황제같은 시간을 보낼 수 있다는 것을 알고 있었기 때문이다.

다만 염소하만이 노골적으로 싫어하는 표정을 지었지만 련주앞에서 그것을 내색할 수는 없었다.

사해련의 련주 창여걸이 머리를 끄덕였다.

"그럼 그렇게 하도록 하게."

"감사합니다."

"뭘, 하지만 실수한다면 그 책임도 자네가 져야 한다는 것을 명심해."

련주 창여걸의 말에 단목승이 이를 드러내며 하얗게 웃었다.

"물론입니다. 절대로 실수하는 일은 없을 것입니다."

단목승은 염소하가 있는 이곳 한국에서 떠나고 싶은 생각이 없었기에 끝까지 한국에 남아 염소하의 마음을 얻

48

고 싶었다.

　그 역시 염소하가 자신을 벌레처럼 싫어한다는 것을 알고 있었지만 그런 염소하의 냉소적인 모습까지 마음에 들어버린 단목승이었다.

　단목승이 염소하를 보며 씨익 웃었다.

　그 모습이 마치 먹이를 눈앞에 두고 만족하는 승냥이의 눈빛처럼 섬뜩했다.

조선남자

朝鮮男子

-천능의 주인-

선택 (選擇)

비가 그치고 난 뒤의 하늘은 너무나 청명했다.

간밤에 억수처럼 쏟아진 비로 인해 세상의 모든 더러움
이 씻겨 나간 것 같은 날씨였다.

해진의 아들 권휘로 인해서 소란스러웠던 간밤의 기억
조차도 억수같은 빗줄기에 말끔하게 지워진 느낌까지
들 정도였다.

한서영의 본가인 스카이 캐슬 112동 504호에도 어김
없이 아침은 찾아왔고 일반적인 가정에서 느낄 수 있는
분주함은 변함이 없었다.

"언니, 오늘 형부랑 반포로 돌아가지 않고 여기 계속

있을 거지?"

교복을 입고 머리까지 단정하게 빗은 한지은이 걱정스런 얼굴로 현관 앞에 서 있는 한서영을 바라보며 물었다.

한서영이 대답했다.

"어제 그런 일이 있었는데 어떻게 반포 아파트로 돌아가? 당분간 동, 아니 형부랑 여기에 머물 거야. 걱정하지 말고 넌 학교나 가. 그리고 이상한 사람이 접근하면 주변에 도움을 청하는 것을 잊지 말고, 또 사람이 없는 길로 가지 말고 꼭 사람들 많은 곳만 다녀. 알았니?"

한서영이 큰언니답게 한지은에게 잔소리 섞인 당부를 했다.

뒤쪽에 서 있던 어머니 이은숙이 웃으면서 입을 열었다.

"호호 서영이가 지은이한테 그러니까 꼭 날 보는 것 같네."

이은숙은 이제 한서영이 그대로 결혼해도 전혀 어색할 것 같은 느낌이 들지 않았다.

한지은이 입을 삐죽 내밀었다.

"엄마 잔소리도 지겨운데 이제 언니 잔소리도 들어야 해?"

한서영이 눈을 살짝 찌푸리며 한지은을 바라보았다.

"잔소리라고 생각하지 마. 안 그래도 너희들이 학교 가

는 것도 마음에 걸리는데……."

걱정스런 표정으로 셋째동생에게 말을 하는 한서영의 얼굴에는 진심으로 동생을 걱정하는 마음이 가득해 보였다.

한지은이 어쩔 수 없다는 표정으로 대답했다.

"안 그래도 그럴 거야. 어젯밤에 있었던 일 때문에 언니가 말하지 않아도 그렇게 할 생각이었어."

한지은에게 어젯밤의 일은 참으로 놀랍고 황당했다.

다행히도 큰 형부인 김동하가 곁에 있었기에 아무런 변고가 일어나지 않은 것에 진심으로 감사하는 마음이었다.

"그럼 갔다가 올게."

"딴 생각 하지 말고 넌 공부나 열심히 해."

한서영의 말에 한지은이 안도 섞인 표정을 지으며 머리를 끄덕였다.

"알았어 큰언니. 다녀올 테니 꼭 가지 말고 기다려줘."

한지은은 자신이 학교에 간 사이에 또다시 부모님에게 어젯밤과 같은 변고가 생길 것 같아서 자신이 돌아올 때까지 형부와 언니가 꼭 집에 머물러 주기를 바라고 있었다.

한서영은 동생이 엄마와 아빠를 걱정하고 있다는 것이 대견한지 한지은의 등을 토닥거리며 생긋 웃었다.

"걱정하지 마. 엄마와 아빠가 안전하실 때까지 나와 형부는 여기서 살 테니까."

한지은이 머리를 끄덕이며 이내 밝은 표정을 지었다.

여고 3년생인 한지은은 막내인 한강호보다 1시간 정도 빠르게 등교했다.

큰언니 한서영처럼 의대가 목표인 한지은은 공부든 운동이든 무엇이든 열심히 했고 빠르게 성장하는 중이었다.

한서영에게 재차 다짐을 받은 한지은이 현관으로 내려서서 신발을 신고 식탁에 앉아서 차를 마시고 있는 김동하를 바라보며 소리쳤다.

"형부, 나 학교 다녀올게요."

김동하가 급하게 차를 내려놓으며 자리에서 일어섰다.

"그, 그래 다녀와."

김동하는 말끝마다 자신을 형부라고 부르는 한지은의 말투가 싫지 않았다.

다만 지금 세상에선 이렇게 이른 시간에도 여자가 학교에 등교를 한다는 사실이 조금 신기했다.

이내 한지은이 아파트의 현관문을 열고 집을 나섰다.

한지은이 등교하고 난 이후 이은숙이 재빨리 주방으로 돌아왔다.

새벽등교를 하는 한지은의 아침상을 차려주는 것이 이

56

은숙이 매일 잠에서 깨어나 첫 번째로 하는 일이었다.

막내인 한강호는 아직 자신의 방에서 잠에 곯아 떨어져 있을 것이 틀림없었다.

둘째 한유진도 미인은 잠이 많다(?)는 속설을 여지없이 증명하듯 오전강의가 없는 날은 여지없이 늦잠을 잔다.

더구나 죽었다가 영안실에서 살아나고 다시 집안에서 참혹했던 일이 벌어지면서 상당히 충격을 받았는지, 아예 자신의 방에서 기척도 내지 않고 잠들어 있을 것이다.

잠시 후면 남편 한종섭이 손에 스마트 폰을 들고 거실로 나올 것이다.

그것을 가지고 화장실로 들어가는 것으로 아침의 일과가 시작된다.

신문을 보지 않는 대신 스마트 폰으로 그날의 뉴스를 검색하여 살피는 것은 꽤나 오래된 습관이었기에 이은숙은 남편의 행동을 훤히 꿰뚫고 있었다.

이은숙이 다시 의자에 앉아 차를 마시는 김동하를 보며 입을 열었다.

"김서방. 배고프지? 조금만 기다리게."

이은숙은 이제 노골적으로 김동하를 자신의 맏사위라고 생각하고 있었다.

차를 마신 김동하가 급하게 머리를 숙였다.

"예. 어머님."

김동하는 이은숙이 자신을 김서방이라고 부르는 것에 그다지 거북함을 느끼지 못했다.

이미 한서영과 결혼을 한다고 결정을 내렸으니 이제 김서방이라는 호칭이 가장 적당한 호칭이라고 인정했기 때문이다.

한서영이 이은숙의 옆으로 다가섰다.

"엄마, 나도 도울게."

"그래."

두 여인이 빠르게 주방에서 아침식사를 준비하기 시작했다.

그야말로 흔하게 볼 수 있는 일반적인 가정의 풍경이 펼쳐지고 있었다.

아침상에 올릴 북엇국을 끓이던 이은숙이 자신의 옆에서 야채를 다듬고 있는 한서영을 보며 나직하게 입을 열었다.

"너 미국에서 김서방이랑 무슨 일 없었니?"

한서영이 눈을 깜박이며 이은숙을 바라보았다.

"무슨 일이라니?"

"합방 같은 거 말이다. 호호."

이은숙이 힐끗 식탁의자에 앉은 김동하를 돌아보다가 살짝 웃었다.

한서영의 얼굴이 살짝 달아올랐다.

"엄마, 동하는 그런 거 몰라. 조선시대 사람답게 아예 선비처럼 구는 사람이야."

"그래?"

이은숙이 살짝 놀란 얼굴로 다시 한번 김동하를 돌아보았다.

김동하는 아예 두 사람의 대화를 엿들을 생각이 없었기에 두 사람이 소곤대는 것에 관심을 두지 않았다.

엄마의 말에 잠시 얼굴을 붉히던 한서영이 힐끗 뒤쪽을 돌아보았다.

식탁에 앉아 있던 김동하가 찻잔을 들고 거실로 나가고 있었다.

한서영의 아파트에서 텔레비전을 묘미를 느낀 김동하였기에 거실에 있는 텔레비전을 보기 위해 거실로 나가는 것이었다.

김동하가 거실로 나가는 것을 확인한 한서영이 이은숙에게 소곤거리듯 말했다.

"실은 미국에서 동하랑 약속을 한 게 있어."

이은숙이 눈을 깜박이며 한서영을 바라보았다.

"그게 뭔데?"

"한국에 돌아오는 즉시 엄마랑 아빠에게 말씀드리고 동하랑 결혼을 하기로 했어. 내가 먼저 판단한 일방적인 선택이고 결정이었지만 동하도 찬성했어. 엄만 생각이 어때?"

딸영의 말에 이은숙이 눈을 크게 뜨고 바라보았다.

큰딸이 자신의 입으로 먼저 결혼을 하겠다고 말을 할 것이라고는 미처 예상하지 못했던 이은숙이었다.

언젠가는 김동하와 결혼을 할 것은 틀림없겠지만 이렇게 서둘러 결혼이라는 말이 나올 줄은 몰랐기 때문이었다.

엄마의 놀라는 표정을 본 한서영이 잠시 눈을 깜박이다가 입을 열었다.

"왜 그렇게 놀래? 엄마도 내가 동하랑 결혼하는 것을 알고 있었잖아?"

이은숙이 더듬거렸다.

"어, 언제 할 건데?"

한서영이 단호한 얼굴로 대답했다.

"가능한 한 빨리 할 거야. 그래야 마음이 편할 것 같아."

"병원은 어떻게 할 거야?"

이은숙은 큰딸이 전문의 자격을 얻기 위해 얼마나 힘들게 인턴 생활을 하고 있는지 알고 있었다.

이제 몇 개월만 지나면 인턴생활을 끝내고 과목지정과 함께 수련의인 레지던트 생활을 시작하게 될 것이다.

하지만 결혼을 하게 되면 한서영의 레지던트 생활에 상

당한 영향을 끼치게 될 것이 분명했다.

행복해야 할 신혼생활도 망칠지 모를 일이었다.

그것을 예상하고 있기라도 한 것처럼 이은숙의 말이 끝나자마자 한서영이 머리를 끄덕였다.

"그것도 미리 계산했어. 나 병원 그만 둘 거야."

"뭐?"

이은숙이 놀란 얼굴로 한서영을 바라보았다.

한서영이 단호한 표정으로 입을 열었다.

"전문의 자격을 갖게 되면 좋겠지만 그보다는 일반의로 지내면서 동하가 대학 졸업할 때까지 내조할 생각이야. 그리고 동하가 졸업하면 같이 병원을 개업하는 것이 좋겠어."

한서영은 이미 혼자서 그런 결정을 내리고 있었다.

이제 인턴이고 인턴을 마치면 다시 4년의 혹독한 레지던트 생활을 견뎌야 전문의 자격시험을 치를 수 있다.

그 시간을 김동하에게 기다려 달라고 하긴 싫었다.

그보다는 차라리 김동하의 공부를 돕는 내조가 더 의미가 있을 것이라고 생각한 한서영이었다.

이은숙이 큰딸 한서영의 얼굴을 물끄러미 바라보았다.

"너 후회하지 않을 자신이 있니?"

한서영이 머리를 끄덕였다.

"그래."

한서영이 전문의 자격을 따려면 나이가 30살이 넘어야
한다.

그리고 전문의 자격을 따낸다고 해도 또다시 1, 2년의
펠로우(fellow) 생활을 마쳐야 할 것이기에 아예 그것을
포기할 생각을 했다.

그렇다고 영원히 전문의 자격을 딸 수 없는 것은 아니
었다.

언제든 다시 도전할 기회가 있을 것이었고 그때 도전해
도 충분하다고 생각한 한서영이었다.

한서영이 자신의 결심을 알리듯 입술을 꼭 깨물었다.

그때 안방의 문이 열리며 약간 헝클어진 머리칼을 손으
로 빗으며 한종섭이 걸어 나왔다.

지난밤의 충격적인 사태로 인해 잠을 설쳤는지 두 눈이
약간 충혈되어 있었다.

한종섭이 힐끗 주방을 바라보다가 이내 주방 쪽으로 걸
어왔다.

이은숙이 물었다.

"물 드려요?"

"응."

한종섭이 머리를 끄덕이며 주방으로 다가오다 주방에
큰딸 한서영이 아내와 같이 있는 것을 보며 입을 열었다.

"동하는 일어났냐?"

한종섭은 김동하가 거실에 앉아 있는 것을 아직 보지 못했다.

한서영이 손으로 거실을 가리켰다.

"거실에 있어요."

"그래?"

한종섭이 힐끗 거실로 시선을 돌렸다.

김동하가 거실의 소파에 앉아 있는 것이 그의 눈에 들어왔다.

김동하는 거실에서 TV에서 방영되는 아침뉴스를 보고 있는 중이었다.

간밤에 내린 비가 상당히 많았다는 사실과 비로 인해 침수된 지역을 보여주는 장면이 비쳐지고 있었다.

텔레비전을 보고 있는 김동하의 얼굴은 꽤 심각했다.

그는 매번 텔레비전을 시청할 때마다 자신이 500년이라는 시간을 넘어왔다는 것을 다시 한번 자각하면서, 텔레비전이라는 마물에 깊게 빠져들어 있었다.

그 때문에 장인인 한종섭이 일어나 안방에서 나온 사실을 감지하지 못했다.

텔레비전을 보고 있는 김동하를 본 한종섭이 입술을 비틀며 살며시 미소를 머금었다.

보면 볼수록 듬직함이 느껴지는 말 그대로 맏사위라는 생각이 들었던 것이다.

그때 이은숙이 물잔을 들고 한종섭의 곁으로 다가왔다.

"여기 물이에요."

"응, 고마워."

한종섭이 물잔을 받는 순간 이은숙이 낮게 입을 열었다.

"서영이가 결혼을 하겠대요."

막 물을 들이켜려던 한종섭이 눈을 껌벅였다.

"뭘 한다고?"

"결혼을 한다고요. 동하랑."

"그, 그래?"

물을 마시는 것을 잠시 잊은 한종섭이 주방에서 등을 돌리고 반찬을 준비하고 있는 한서영을 바라보았다.

자신의 딸이지만 보기만 해도 우아함과 단아함이 저절로 느껴질 정도의 자태였다.

물잔을 건네준 이은숙이 남편의 곁으로 다가서며 다시 속삭였다.

"미국에서 결심을 했대요. 그리고 가능하면 빨리 결혼식을 올리고 싶어 해요."

"허, 그 참. 동하가 대학을 졸업할 때 까지 결혼은 미루겠다고 하던 서영이가 왜 갑자기 결혼을 서두는 건지 모르겠군."

이은숙이 살짝 웃었다.

"난 대충 짐작이 가요."

"뭔데?"

한종섭이 눈을 껌벅이며 아내를 바라보았다.

이은숙이 힐끗 등을 돌리고 있는 한서영을 바라보며 입을 열었다.

"아마 미국에서 누군가 동하에게 관심을 가졌던 것 같아요. 그러니까 저 여우같은 서영이가 동하를 놓칠 수 있을지 모른다는 생각을 했을 거예요."

이은숙의 감은 무척 예리했다.

큰딸 한서영이 김동하와의 결혼을 서두는 것에는 반드시 이유가 있을 것이라고 생각했고, 누군가 한서영에게 위기감을 느끼게 만든 게 원인이라고 짐작했다.

지금까지 살아오면서 무언가로부터 위기감을 느끼며 살아온 적은 단 한 번도 없을 정도로 모든 방면에서 뛰어났던 큰딸이었다.

그런 딸이 자신의 배필이 될 김동하가 혹시라도 자신을 떠날지 모른다는 생각에 위기감을 가진 것이 결혼을 서두는 이유임을 단번에 눈치챈 이은숙이었다.

한종섭이 눈을 깜박이며 거실에 앉아서 텔레비전을 보고 있는 김동하를 바라보다가 머리를 끄덕였다.

"서영이의 생각이 그렇다면 굳이 늦출 이유도 없지. 근데 동하도 같이 결정을 한 건가?"

이은숙이 대답했다.

"그럴 거예요. 서영이 말로는 동하도 반대하지 않았다
고 했어요."

"그럼 문제될 것이 없겠지. 서영이 말대로 결혼을 서둘
러도 되겠어."

한종섭은 흔쾌히 허락했다.

이은숙이 남편이 쉽게 허락하자 편한 표정을 지었다.

하지만 이내 이은숙이 머리를 갸웃했다.

"근데 서영이와 동하가 단 둘이 살게 하는 것은 좀 그렇
지 않아요? 평생 공부밖에 모르고 살아온 서영이가 갑자
기 신부가 되어 살림만 한다고 하는 것도 그렇고, 동하도
아직 어린데 둘이서만 살림을 살게 하는 것이 왠지 신경
이 쓰이네요."

한종섭이 웃었다.

"그럼 당신이 대신 살아줄 거야? 결혼을 하면 그때부터
어떻게 살든지 두 사람의 책임이야. 우린 그저 옆에서 지
켜보고 가끔 인생의 선배로서 조언 정도만 해주면 될 뿐
이야. 너무 아이 취급하는 것도 좋은 일은 아니란 말이
지."

한종섭의 말에 이은숙이 머리를 흔들었다.

"그렇다고 해도 저 두 아이를 따로 떼어놓고 사는 것은

왠지 걱정이 되네요."

"허허. 그럼 두 사람에게 한동안 같이 살자고 해 보든 가."

"네?"

"서영이와 동하를 따로 떼어내는 것이 걱정이 된다면 같이 사는 것 외에는 방법이 없잖아."

한종섭은 너무나 쉽게 이은숙에게 해결책을 알려주었다.

이은숙이 눈을 깜박였다.

그렇지 않아도 어제와 같은 일이 또 생길지 몰라서 마음한구석에 불안한 마음이 자리 잡은 상황이었다.

둘째딸 한유진이 죽었다는 소식을 들었을 때 하늘이 무너지는 느낌을 겪었고 사위인 김동하 덕에 다시 살아나자 세상을 다 가진 것 같은 안도감을 느낄 수가 있었다.

더구나 간밤에 나쁜 사람들이 집으로 밀고 들어와 자신의 가족들을 해치려 했을 때 김동하가 그것을 막아내자 무엇보다 든든함을 느꼈다.

그런 김동하와 큰딸을 가능하면 영원히 자신의 옆에 머물게 하고 싶은 욕심이 생겼다.

이은숙이 머리를 돌려 한종섭을 바라보았다.

"여보, 우리 이사 가요."

"뭐?"

한종섭이 눈을 껌벅였다.

딸의 결혼식을 이야기하다가 이번에는 이사를 가자는 말을 하는 아내의 말에 잠시 어리둥절해졌다.

이은숙이 입술을 잘근 깨물며 입을 열었다.

"유진이가 변을 당했던 서영이의 아파트는 이제 꼴도 보기 싫어졌어요. 여기도 마찬가지고."

이은숙에게 둘째딸 한유진이 참혹한 봉변을 당해야 했던 큰딸 한서영의 아파트는 그야말로 눈길조차 주기도 싫은 끔찍한 곳이었다.

그 때문에 한서영에게 아파트를 차라리 팔아 버리라고 당부할 생각을 가지고 있었다.

큰딸 한서영에게 결혼자금이라는 생각으로 평생을 알뜰살뜰 모은 돈으로 산 아파트 한 채를 물려준 이은숙이었다.

훗날 한서영이 개인병원을 개업할 때 어쩌면 개업자금으로도 쓸 수 있을지 모른다는 생각으로 사준 것이었지만 지금은 그 아파트가 너무나 끔찍하고 흉물스러웠다.

이제 한서영의 아파트는 둘째딸 한유진을 잃어버릴 수도 있었던 너무나 무서운 장소로 기억될 정도였다.

여기도 마찬가지였다.

이은숙이 아파트의 내부를 힐끗 눈으로 훑어보았다.

한서영이 중학교에 들어갈 때 어렵게 마련한 아파트였다.

여기서 많은 일들을 겪었지만 어젯밤에 일어났던 것과 같은 끔찍한 일들로 인해 갑자기 낯선 느낌이 들 정도였다.

이은숙이 입을 열었다.

"여기와 서영이의 아파트를 팔면 좀 더 넓고 안전한 곳으로 이사를 할 수가 있을 거예요. 그리고 서영이와 동하랑 같이 살 수도 있는 곳을 찾을 수 있을지 몰라요."

아내의 말에 한종섭이 잠시 눈을 깜박이다가 등을 돌리고 아침식사준비를 하고 있는 한서영과 거실에 앉아서 텔레비전을 보고 있는 김동하를 번갈아 바라보았다.

잠시 무언가를 생각하던 한종섭이 결심한 듯 어금니를 꾸욱 깨물었다.

한종섭이 주방에서 등을 돌리고 있는 한서영을 보며 입을 열었다.

"서영아."

한종섭의 부름에 한서영이 머리를 돌렸다.

앞치마를 두르고 음식준비를 하고 있던 한서영의 모습은 한종섭에게 묘한 느낌을 안겨주었다.

지금의 한서영의 모습은 오래전 자신이 이은숙과 결혼을 했을 때 막 신혼의 새댁처럼 비쳐지던 아내의 모습과 너무나 흡사했다.

"왜요? 아빠."

한종섭이 부드럽게 입을 열었다.

"할 이야기가 있으니 거실로 좀 나오너라."

말을 마친 한종섭이 거실로 향했다.

한종섭이 거실로 나오자 텔레비전의 시청에 몰두하고 있던 김동하가 그제야 한종섭의 기척을 느끼고 허겁지겁 소파에서 일어섰다.

"기침하셨습니까?"

정중하게 인사하는 김동하의 얼굴이 살짝 붉어져 있었다.

텔레비전에 빠져 장인이 일어나는 것도 몰랐다는 것에 김동하는 약간의 당혹함을 느꼈던 것이다.

한종섭이 부드러운 시선으로 김동하를 바라보며 대답했다.

"음, 덕분에 편히 잤어. 자네도 괜찮지?"

"예."

김동하가 담담한 얼굴로 대답했다.

그때 한서영이 앞치마를 벗으며 거실로 나왔다.

이은숙이 한서영이 준비하고 있던 아침식사준비를 대충 마무리하고 한서영의 뒤를 따라 나왔다.

한종섭이 거실의 바닥에 주저앉으며 입을 열었다.

"두 사람에게 할 말이 있으니 여기에 나란히 좀 앉아봐."

한종섭의 말에 한서영이 눈을 깜박이며 김동하를 바라보다 이내 김동하의 옆으로 다가가서 앉았다.

김동하는 한종섭의 갑작스런 행동에 약간 놀란 표정을 지었다가 한서영과 함께 나란히 거실에 앉았다.

이은숙이 한종섭의 옆에 앉으면서 부드러운 표정으로 김동하와 한서영을 바라보았다.

"아까 주방에서 서영이 네가 한 이야기 아빠에게 말씀드렸다."

이은숙의 말에 한서영이 그제야 아빠가 무슨 말을 하려는 것인지 눈치챘다.

순간 한서영의 얼굴이 살짝 달아올랐다.

큰딸 한서영과 김동하가 마주앉고 아내인 이은숙이 자신의 옆에 앉자 한종섭이 입을 열었다.

"조금 전에 네 엄마한테서 이야기를 들었다. 뭐 어차피 언제가 되었든 하기로 한 결혼이니 아빠로서는 말릴 이유도 없다는 생각이다."

한종섭의 말에 김동하가 눈을 껌벅이며 자신의 옆에 앉은 한서영을 바라보았다.

한서영이 약간 홍조가 떠오른 얼굴로 김동하를 보며 입을 열었다.

"조금 전에 엄마한테 우리 결혼식을 서두르겠다고 했어."

"아, 그러셨습니까?"

그제야 김동하는 한종섭이 자신과 한서영을 앞에 앉힌 이유를 알 수가 있었다.

한종섭이 김동하를 보며 물었다.

"김서방 자네도 서영이랑 같은 생각인지 다시 한번 물어보겠네. 정말 결혼식을 서둘러도 상관없겠나?"

김동하가 잠시 눈을 깜박이다가 내답했다.

"서영누님과 가시버시로 살아가는 것을 허락해 주신 두 분이십니다. 저 역시 서영누님 외에는 그 누구와도 혼사를 치를 마음이 없으니 서둘러 혼사를 치른다고 해도 상관이 없습니다. 과거 저의 부모님께서 말씀하시길, 사내로 태어나 나이가 차 아내를 맞아 성혼을 하여 일가를 세우면 비로소 대장부의 삶을 산다고 할 수 있다고 하였습니다. 다만 제가 아직 세상의 물정에 어둡고 나이가 어려 모르는 것이 많으니 행여 두 분 부모님이나 아내가 될 서영누님에게 폐를 끼치지 않을까 걱정될 뿐입니다."

김동하의 말은 매우 정중했다.

김동하의 말을 들은 한종섭의 얼굴에 미소가 떠올랐다.

"네 말대로 서영이와 결혼을 하여 부부가 된다고 하여도 서영이도 그렇지만 김서방도 아직은 세상을 살아가는 것에 부족한 것이 많을 것이다. 하지만 이 세상의 모

든 부부들이 결혼을 하기 전에 이미 모든 것을 다 알고 결혼을 하여 부부의 인연을 맺는 것은 아니다. 서로 아끼고 함께 살아가면서 하나둘씩 배워가는 것이지."

잠시 말을 멈춘 한종섭이 한서영을 보며 입을 열었다.

"동하의 마음도 알았고 너의 생각도 알았다. 네 엄마의 말대로 서둘러 결혼식을 올리는 것도 나쁘지 않은 것 같구나. 그래 서영이 네 생각에는 언제쯤 결혼식을 올리는 것이 좋을 것 같으냐?"

한서영이 붉어진 얼굴로 대답했다.

"그냥 준비가 되는 대로 결혼을 하겠어요."

듣고 있던 이은숙이 끼어들었다.

"추워지기 전에 결혼식을 하는 것이 어떠니? 그래 보았자 한 달 정도 여유가 있을 뿐이야."

이미 10월 말에 가까워지고 있었기에 이은숙의 말대로라면 다음 달인 11월에 결혼식을 올려야 했다.

한서영이 힐끗 김동하를 바라보았다.

김동하의 얼굴은 담담한 표정 그대로였다.

한서영이 엄마를 보며 물었다.

"그럼 엄마는 언제쯤으로 생각해?"

이은숙이 이미 생각하고 있었다는 듯이 지체 없이 입을 열었다.

"내 생각에는 11월 4번째 일요일에 하는 것이 좋을 것 같아. 한 달 정도의 시간이 있고 그 안에 이것저것 준비도 할 수 있을 것 같으니 말이야."

한종섭이 놀란 듯 눈을 동그랗게 떴다.

"그렇게 빨리?"

"호호 뭐 어때요? 두 사람이 결혼식을 올리는 것을 결정했으니 이왕에 할 거 빨리 하는 게 좋죠. 김서방의 부모님과 사돈간 상견례를 할 일도 없으니 우리야 편한 대로 하면 되는 거죠."

한서영과 김동하의 결혼은 김동하의 부모님이 계시지 않으니 한종섭과 이은숙이 결정하면 그대로 진행하면 되는 일이었다.

한종섭이 한서영을 바라보았다.

"그래도 되겠니?"

한서영이 붉어진 얼굴로 입을 열었다.

"상관이 없지만 혼수준비랑 결혼식에 초대할 하객에게 연락도 해야 하는데……."

이은숙이 머리를 흔들었다.

"그런 건 상관없어. 그건 엄마가 알아서 할 테니까 말이야. 넌 동하랑 같이 결혼식을 올릴 예식장이나 알아보고 와."

큰딸이 결혼을 한다는 것을 이제 완전히 실감한 이은숙이 신이 난 얼굴로 한종섭을 바라보았다.

"당신 나한테 돈 좀 줘요."

"돈?"

"네, 서영이랑 동하 예물도 맞추고 신접살림에 들어가야 할 혼수품도 준비해야 되니까 두둑이 줘야 해요."

"그, 그거야."

한종섭은 신이 난 표정의 아내를 어이없다는 표정으로 바라보았다.

지금까지 살아오면서 먼저 돈을 요구했던 적이 단 한 번도 없었던 아내였다.

많든 적든 자신이 건네는 돈으로 살림을 꾸렸고 자식들을 건사해 왔던 아내가 처음으로 돈을 달라고 부탁하고 있었기에 조금은 얼떨떨한 느낌이었다.

한종섭이 머리를 끄덕였다.

"회사에 출근하면 당신 통장으로 돈을 입금시켜 놓을게. 그리고 서영이에게도 토마스 레이얼 이 보낸 돈을 모두 입금시켜 놓을 테니 나중에 확인해 보거라."

한서영이 머리를 흔들었다.

"그건 아빠 마음대로 써도 된다고 했잖아요."

한종섭이 빙긋 웃었다.

"그건 너와 김서방의 돈이다. 내 돈이 아니라는 말이다."

한서영이 눈을 깜박이다 이은숙을 바라보았다.

"그럼 그 돈 엄마한테 줄게. 그것으로 우리 결혼식 준비하면 될 거야."

이은숙이 웃으면서 머리를 흔들었다.

"아빠 말대로 그건 너와 김서방의 돈이야. 그리고 너의 혼수준비는 네 돈으로 하는 것이 아니라 부모인 아빠와 엄마가 가진 돈으로 할 거야. 그게 결혼을 앞둔 자식에게 부모로서 해줄 수 있는 마지막 배려란다."

이은숙은 한서영과 김동하의 돈을 쓰고 싶은 생각은 조금도 없었다.

그리고 그 많은 돈을 결혼식에 마음대로 사용한다면 대한민국이 떠들썩해질 초호화판 결혼식이 될 수도 있다.

한서영이 작게 한숨을 내쉬면서 머리를 숙였다.

고집이라면 누구에게도 지지 않을 정도로 완고한 한서영이었지만 아무리 그런 그녀라도 낳아준 두 부모님의 바람을 거역할 수는 없었다.

피를 물려받은 한서영이었기에 아빠와 엄마의 고집을 꺾을 수 없다는 것을 누구보다 잘 알았다.

이은숙이 한서영을 보며 입을 열었다.

"정 그 돈을 쓰고 싶으면 한 가지 부탁이 있는데 들어주겠니?"

한서영이 머리를 들었다.

"뭔데?"

"다른 곳에 집을 사는 게 어때? 너 지금 살고 있는 아파트는 망할 놈들에게 유진이가 변을 당한 곳이어서 엄마는 보기만 해도 끔찍해. 너희 두 사람을 그곳에 살게 하는 것은 엄마가 정말 싫구나."

이은숙의 말에 한서영이 약간 멈칫했다.

그것까지는 생각하지 못한 한서영이었다.

김동하와 결혼을 하게 되면 당연히 자신의 아파트에서 신혼살림을 시작할 것이라고 생각했다.

하지만 엄마에게 자신의 아파트는 동생 유진이 끔찍한 참변을 당한 곳으로 기억된다는 사실을 이제야 느낀 것이다.

한서영이 눈을 깜박였다.

"다른 곳으로 이사를 하라는 말이야?"

"응. 네 결혼밑천으로 그 아파트를 사서 주었지만 유진이가 봉변을 당한 이후로 난 그곳이 별로 마음에 안 들어."

"그, 그래?"

한서영이 약간 망설이는 표정을 지었다.

대학시절부터 지금까지 꽤 많이 정이 들었던 아파트였고 그곳에서 김동하를 처음으로 만났다는 것도 그 아파트를 쉽게 버리지 못하게 만들었다.

그때 이은숙이 다시 입을 열었다.

"그보다는 차라리 너희 둘 신접살림을 가지고 엄마랑 아빠와 합치는 게 어떠니? 너도 그렇고 김서방도 그렇고 둘 다 살림살이에 대해서는 아무것도 모르는데 애기 소 꿉장난 하듯 살 수는 없지 않겠니?"

한서영이 눈을 동그랗게 떴다.

"합친다고?"

"그래. 엄마도 어제일도 그렇고 해서 사실 이곳이 마음에 들지 않아서 이사를 하려고 했어. 근데 이왕에 이사를 할 거면 큰집을 사서 함께 사는 것이 좋을 것 같아서 하는 말이야. 김서방도 이제는 자식 같아서 떨어뜨려 놓기가 싫어."

김동하가 끼어들었다.

"저는 그것이 좋을 것 같습니다."

김동하는 아프게 헤어진 부모님 대신 한서영의 부모님을 모시고 함께 사는 것이 오히려 더 가족같은 느낌이 들 것 같아서 단번에 찬성하고 나섰다.

한서영이 김동하를 보며 입을 열었다.

"자기도 함께 사는 게 좋아?"

김동하가 웃으면서 대답했다.

"가족은 늘 함께 있어야 가족입니다. 저와 누님이 함께 있는 것도 좋긴 하지만 부모님이나 동생들도 모두 함께 있으면 더 좋겠지요."

"그, 그래?"

듣고 있던 한종섭도 끼어들었다.

"나도 그것이 좋을 것 같다. 너희가 결혼을 하여 부부가 된다고 해도 우리는 아직도 너희들이 어리고 아무것도 모르는 철부지로밖에 보이질 않는구나. 그게 부모로서의 마음이겠지. 그러니 훗날 너희들 사이에 자식들이 태어나고 너희가 더 이상 우리의 보살핌을 필요로 하지 않는 날이 올 때까지 같이 함께 사는 것이 난 더 좋을 것 같다."

한서영이 잠시 생각하다가 머리를 끄덕였다.

"동하가 좋고 엄마와 아빠가 원하신다면 그렇게 할게요. 대신 함께 살 집은 제가 알아볼게요."

한서영의 대답에 이은숙이 환하게 웃었다.

"고맙다 서영아."

한서영이 웃었다.

"아니야. 엄마, 나도 동하가 싫어하지만 않는다면 함께 살 수 있는 게 좋아."

"호호 그래."

이은숙이 반색을 하며 활짝 웃었다.

그때였다.

"뭔데 그렇게 재미있게 웃어? 엄마."

방에서 두 눈을 손등으로 비비며 한유진이 걸어 나오고

있었다.

긴 머리칼이 약간 헝클어져 있었고 잠옷이 아닌 한유진이 다니는 한성대학교의 마크가 새겨진 체육복을 걸친 모습이었다.

한유진의 잠옷은 한서영의 아파트인 다인캐슬에 가져다 놓았기에 하는 수 없이 체육복을 입고 잠을 잔 한유진이었다.

이은숙이 입을 열었다.

"눈곱이나 떼고 나와 이것아."

한유진이 피식 웃었다.

"난 눈곱 없어. 잘 때도 얼마나 우아하게 자는데?"

두 손으로 헝클어진 머리칼을 정리하며 한유진이 거실로 나와 엄마와 아빠 사이에 앉았다.

"뭔데 아침부터 그렇게 웃어?"

한유진의 물음에 이은숙이 힐끗 한서영과 김동하를 바라보다가 입을 열었다.

"언니와 김서방이 다음 달에 결혼할거야."

"뭐?"

한유진의 눈이 동그랗게 변했다.

이은숙이 놀라는 한유진을 보며 이를 드러내고 웃었다.

"다음 달 네 번째 일요일에 할 거야."

엄마의 말을 들은 한유진이 한서영과 김동하를 번갈아 바라보았다.

어제까지만 해도 결혼식 이야기는 듣지 못했는데 자고 일어나니 결혼날짜까지 정해져 있다는 것에 놀랐다.

한유진이 한서영을 바라보며 입을 열었다.

"왜 그렇게 서둘러 결혼식을 올려? 어젠 아무 말도 없었잖아."

한서영이 웃었다.

"그렇게 됐어."

"언니 아기 가진 거야?"

한유진이 큰 눈을 껌벅이며 한서영을 바라보았다.

김동하와 언니가 같이 살아온 것이 벌써 꽤 오래 되었기에 한서영이 아기를 가졌다고 해도 별로 크게 놀랄 일은 아니었다.

다만 영리하고 깔끔한 것을 좋아하는 언니의 성격에 혼인 전에 임신을 하는 것이 좀 뜻밖이라는 생각이 들 뿐이었다.

한유진의 말에 한서영의 얼굴이 발갛게 달아올랐다.

"야!"

듣고 있던 김동하의 얼굴도 벌게지고 있었다.

한유진이 머리를 갸웃했다.

"왜 그렇게 놀래? 언니랑 형부랑 같이 산 지가 얼만데 아기가 생기지 않으라는 법도 없잖아.”

“그게 아니란 말이야.”

한서영이 빨갛게 변한 얼굴로 울상을 지었다.

한유진이 웃었다.

“언니랑 형부라면 결혼 전에 아기가 생기는 것도 흠이 되지 않을 거야. 이미 엄마랑 아빠가 결혼을 승낙했는데 뭐 어때?”

김동하가 벌겋게 달아오른 얼굴로 대답했다.

“그, 그게 아닙니다. 처제, 그냥 미국에서 서영누님의 심경에 변화가 생겨서 결혼을 하기로 한 겁니다.”

“미국에서? 미국에서 무슨 일이 있었는데?”

한유진이 궁금해 하는 얼굴로 한서영을 바라보았다.

한종섭과 이은숙도 궁금해 하는 얼굴로 한서영의 얼굴을 바라보고 있었다.

한서영이 더듬거렸다.

“그, 그게 그냥 결혼을 약속한 사이니까 이왕에 하는 거 서둘러도 별로 상관이 없을 것 같아서…….”

이은숙이 한서영을 보며 살짝 묘한 눈빛을 반짝였다.

“너 미국에서 김서방 잘못하면 놓칠 수 있을 거라고 생각했었니?”

이은숙의 말에 한서영의 얼굴이 살짝 굳어졌다.

그 말대로 미국에서 김동하를 바라보던 토마스 레이얼

회장의 딸 에이미 레이얼의 모습을 보고 한서영은 충동적으로 결혼을 결정했다.

"그, 그게 아니라⋯⋯."

"호호 김서방이라면 어떤 여자라도 마음이 흔들리는 게 정상이야. 아무리 도도한 너라고 해도 행여 김서방의 마음이 변하면 어떻게 하지? 라는 생각을 한 거지?"

이은숙이 결정적인 핵심을 찌르자 한서영의 얼굴이 더욱 발갛게 달아올랐다.

"몰라. 말 안 할 거야."

한서영이 달아오른 얼굴로 자리에서 벌떡 일어섰다.

엄마와 아빠의 앞에서 자신의 본심을 들킨 것이 너무나 창피했던 한서영이었다.

한서영이 주방 쪽으로 가버리자 이은숙과 한종섭이 이를 드러내며 웃었다.

"호호 우리 서영이가 김서방을 놓치게 될까봐 애가 닳았던 것이 정말인가 보네?"

한유진이 일어서며 한서영의 뒤를 따르며 물었다.

"언니 그게 정말이야?"

"시끄러."

두 자매가 아옹다옹하며 주방으로 사라지자 두 자매의 뒷모습을 바라보던 이은숙이 웃는 얼굴로 머리를 돌렸다.

이은숙이 붉어진 얼굴로 약간 머리를 숙이고 있는 김동하를 바라보았다.

이은숙의 얼굴에 포근해 보이는 미소가 걸려 있었다.

"김서방."

이은숙이 김동하의 손을 잡았다.

김동하가 붉어진 얼굴로 대답했다.

"예, 어머님."

"우리 서영이 잘 부탁하네. 자네보다 나이는 많지만 지금까지 의사가 되겠다고 공부밖에 한 것이 없어 아무것도 모르는 철부지야. 꼭 우리 서영이를 잘 지켜줘. 엄마로서 부탁이야."

김동하가 머리를 숙였다.

"명심하겠습니다."

한종섭이 아내가 손을 잡고 있는 김동하를 보며 입을 열었다.

"오늘 뭘 할 생각이야?"

"서영누님과 함께 아파트에 들러 대충 갈아입을 옷가지를 비롯해서 유진이를 데려올 생각입니다."

김동하의 말에 이은숙이 놀란 얼굴로 물었다.

"유진이?"

김동하가 멋쩍은 얼굴로 웃으며 입을 열었다.

"제가 인왕산에 잠시 머물 때 우연한 인연으로 살려

준 강아지의 이름이 유진입니다. 처제를 만나기 전에 지어준 이름인데 어쩌다 보니 둘째 처제랑 이름이 같아서……."

한종섭이 웃었다.

"하하 그러니까 서영이 집에 있는 그 강아지가 유진이 란 말이지?"

"예."

"허허 그 참."

한종섭이 주방 쪽을 힐끔 거리다 실소를 터트렸다.

성격이 괄괄한 편이라서 선머슴같은 성격을 가진 둘째 딸 한유진의 성격에 같은 이름을 가진 강아지가 있다는 것을 그냥 참고 있는 것이 어이가 없고 황당하기만 했다.

그때 주방에서 한서영의 목소리가 들려왔다.

"식사하세요."

이미 주방의 식탁에는 한서영이 준비 해놓은 반찬들이 가득했다.

한유진은 아직 일어나지 않고 있는 막내 한강호를 깨우 기 위해 한강호의 방으로 걸음을 옮겼다.

간밤의 소동과는 전혀 다른 평범한 일상이 시작되는 아 침이 열리고 있었다.

조선남자

朝鮮男子

-천능의 주인-

그들의 악몽(惡夢)

"아니 그럴 필요 없다니까요."

한서영이 전화기를 들고 얼굴을 찌푸렸다.

—어떤 조건이든 모두 들어드리겠습니다. 그러니 일단
저희와 한번 면담을……

다급해 하는 중년남자의 목소리에는 간절함이 담겨 있
었다.

한서영이 머리를 흔들었다.

"아니에요 제가 바빠서 시간을 낼 수가 없을 것 같네
요. 그리고 계좌를 옮기지도 않을 것이고 따로 어디에 투
자를 할 생각도 없어요. 그럼."

한서영이 짧게 말하며 전화기의 종료버튼을 눌렀다.

조금 전에 아빠로부터 자신의 계좌에 토마스 레이얼 회장에게 보상금으로 받은 잔금 19억달러를 모두 입금했다는 연락을 받은 뒤로 벌써 몇 통의 전화가 한서영에게 걸려왔다.

모두가 한국에 있는 은행들이었다.

어떻게 알아낸 것인지 은행마다 한서영의 전화번호를 잘 알고 있었다.

한서영에게 전화를 걸어온 은행들은 한서영의 예금을 자신들의 은행에 유치하기 위해서 거의 필사적으로 매달리고 있었다.

고가의 차량을 무료로 제공하겠다는 전화부터 유망한 투자처를 소개하겠다는 전화까지, 한서영이 귀찮아서 아예 전화기를 꺼 놓을 정도로 한서영에게 매달렸다.

하지만 한서영은 자신이 늘 이용했던 대한은행 외에는 다른 은행으로 거래은행을 옮길 생각이 없었다.

대한은행에서는 몇 번이나 한서영에게 계좌를 옮기지 않는다는 확인을 해올 정도로 한서영은 대한은행으로서는 너무나 고마운 고객이 되어 있었다.

대한은행에서는 그런 한서영을 위해서 원하는 것이 있다면 무엇이든 말해 달라고 했지만 한서영은 필요한 것이 없다는 말로 정중하게 거절했다.

대한은행은 한서영의 그런 응대가 내심 불안했던지 언제든 필요한 것이 있다면 무엇이든 돕겠다는 말로 한서영을 최고의 VIP고객으로 대우할 것이라고 약속했다.

보통의 기업들이 업무용으로 사용하는 사업용 계좌가 아닌 개인계좌에 한서영과 같은 거액을 예치하는 경우는 거의 없었다.

하지만 한서영의 계좌는 사업용 계좌처럼 입금과 출금이 반복되는 경우가 아닌 마치 적금처럼 고정적으로 예치되는 것이었다.

때문에 말 그대로 한서영은 은행의 기준으로 본다면 최고의 손님이나 마찬가지였다.

자신의 계좌에 아빠가 돈을 입금한 오전 내내 말 그대로 한서영의 전화기는 거의 쉬는 틈이 없을 정도로 울리고 있었다.

방금 전 전화를 걸어온 곳은 대신은행이라는 곳으로 한서영이 일부의 돈이라도 자신들의 은행에 분산유치 해달라고 읍소하는 전화였다.

오전의 소동으로 전화에 시달리던 한서영이 전화를 꺼놓고 있다가 방금 전화기를 켜자 이내 전화벨이 울렸던 것이 지금의 상황이었다.

한서영이 다시 전화기의 전원을 꺼버린 후 한숨을 내쉬었다.

"아 진짜 귀찮게 해."

한서영은 전혀 생각지도 않았던 고역을 겪으며 돈이 가진 힘이 자신이 생각한 그 어떤 힘보다 강하다는 것을 절감했다.

전화기를 내려놓은 한서영이 창가에 앉아 책을 읽고 있는 김동하를 보며 눈을 반짝였다.

김동하는 한서영이 토마스 레이얼 회장이 보낸 엄청난 보상금으로 고역을 겪0는 것에 전화 관심을 두지 않고 있었다.

오히려 자신은 그런 고역을 겪지 않는 것을 다행이라고 생각하는 듯한 태도였다.

벽에 걸린 시계가 막 오전 11시를 지나고 있었다.

한서영이 책을 읽고 있는 김동하의 곁으로 다가서며 입을 열었다.

"유진이 데리러 안 갈 거야?"

한서영의 말에 김동하가 책에서 시선을 떼며 한서영을 바라보았다.

"바쁜 것 같은데 다 끝났습니까?"

김동하는 한서영의 전화기가 쉴 새 없이 울리는 것을 모두 들었고 그 전화의 내용이 모두 돈 때문이라는 것을 알고 있었다.

한서영이 김동하를 향해 눈을 흘겼다.

"누구 때문에 내가 이런 고역을 겪어야 해?"

한서영은 자신만 이런 고역을 겪는 것이 억울하다는 표정으로 김동하를 바라보았다.

김동하에게 천명의 권능이 없었다면 애초에 겪지도 않았을 고역이었기 때문이었다.

김동하가 싱긋 웃었다.

"저 때문입니까?"

"그럼 누구겠어? 자기 때문에 받은 돈인데 왜 나만 귀찮은 일 당해야 해?"

한서영이 화가 난 듯 입술을 삐죽 내밀었다.

그런 한서영이 귀여운 듯 김동하가 웃었다.

"돈이란 많으면 좋은 것 아닙니까? 누님이 원하는 것은 뭐든지 살 수 있으니 말입니다."

"많아도 어느 정도껏 많아야지 이건 사람을 아무 일도 못하게 만드니……."

한서영이 한숨을 내쉬었다.

김동하가 책을 덮고 일어섰다.

"그럼 이제 유진이 데리러 갈까요?"

김동하 빙그레 웃으며 한서영을 바라보았다.

그때였다.

"언니 이제 유진이 데리러 가는 거야?"

한유진이 방에서 나오며 한서영과 김동하를 바라보았다.

청바지에 잡티 하나 보이지 않는 하얀색의 면티를 걸친 한유진은 언니처럼 우아한 모습이 아닌 통통 튀는 듯한 매력이 느껴지고 있었다.

한서영이 물었다.

"너 학교 안 가?"

한유진이 머리를 흔들었다.

"안 가."

"그래?"

한서영이 눈을 깜박이며 동생을 바라보았다.

정장스타일을 좋아하는 자신과는 달리 동생 한유진은 한눈에 보아도 학생 티가 느껴지는 캐주얼한 차림을 좋아했다.

"넌 옷이 그것뿐이니?"

한서영의 물음에 한유진이 자신의 옷차림을 내려다보았다.

꾸밀 할 필요가 없는 말 그대로 너무나 간편한 옷차림이었다.

"왜? 이상해?"

한유진이 대답하자 한서영이 잠시 한유진을 바라보다가 입을 열었다.

"너 언니가 옷 사줄까?"

"옷?"

한유진이 눈을 깜박였다.

평소에 딱딱한 스타일의 정장차림만 고집하는 언니에게 청바지를 비롯해 편하게 입을 수 있는 옷들을 골라준 게 자신이었다.

그런 언니가 이제는 자신에게 옷을 사줄 것처럼 물어오니 상당히 낯설었다.

"왜? 나 옷 사줄 거야?"

한서영이 웃으면서 대답했다.

"아빠가 입금한 돈 때문에 유진이 네가 원하는 것은 무엇이든 사줄 수 있겠다."

"흐흐 언니가 그 나이에 재벌이 부럽지 않는 부자라는 것을 누가 알까?"

한유진이 재미있다는 표정으로 한서영을 바라보았다.

한서영이 피식 웃었다.

"재미있니?"

"응, 헤헤."

한유진이 하얀 이를 드러내며 맑게 웃었다.

어제 그렇게 참담한 일을 겪었지만 하룻밤 사이에 모든 것을 잊어버린 듯 한유진의 얼굴에는 그늘 하나 보이지 않았다.

"나가자. 언니가 오늘 네가 원하는 것은 뭐든지 다 사줄게."

"알았어 언니."

한유진이 신이 난다는 얼굴로 다시 자신의 방으로 돌아 갔다.

집안에는 한서영과 한유진 자매와 김동하밖에 남아 있 지 않았다.

남편 한종섭이 출근한 이후 한서영과 김동하의 결혼소 식을 들은 이은숙은 자신의 친구가 운영하는 종로의 금 은방으로 달려갔다.

남편이 가지고 있는 반지를 꺼내 김동하의 손에 맞추어 보아 김동하의 손가락 치수를 재었고 자신이 가진 반지 를 모두 꺼내 큰딸 한서영의 손가락에 맞추어 본 후 집을 나간 것이었다.

이은숙은 자신의 손으로 딸과 사위의 혼수를 준비한다 는 것에 잔뜩 신이 난 표정이었다.

처음으로 딸이 결혼을 한다는 것을 실감한 이은숙은 지 금의 이 순간이 무엇보다 행복하고 즐거웠다.

한종섭은 아내가 요구한 대로 회사에 출근하자마자 아 내의 계좌에 상당한 금액의 돈을 입금했다.

아내에게 최고급 승용차 대신 작은 경차를 사줄 정도로 필요 없는 허세를 부리지 않는 한종섭이지만 큰딸의 결 혼식에 사용할 돈은 아끼지 않고 큰돈을 내어 주었다.

한서영도 방으로 들어가 자신의 옷을 챙겨 나왔다.

이내 한유진이 방에서 가방을 들고 나오자 두 자매와 김동하가 아파트를 떠났다.

* * *

"시발, 언제까지 잠수를 타야 할지 모르겠는데… 기껏 올라왔는데 다시 부산으로 내려가라니 진짜 한숨만 나온다."

매부리코의 김태춘이 신경질적으로 이마를 쓸어 올렸다.

검은색의 양복에 안쪽에는 진회색의 티셔츠를 받쳐 입은 김태춘은 온몸이 근육으로 뭉쳐져 있었다.

부영그룹 특수부 운영1팀의 대리라는 신분을 가지고 있었지만 실제로는 부산 남포동의 덕수파라는 조직에서 나름 힘깨나 쓰는 행동책의 중간보스가 그의 실제 신분이었다.

폭력 등 전과 11범의 김태춘으로서는 부영그룹의 본사가 서울로 이전하면서 난생 처음 서울생활에 한껏 기가 달아올라 있었던 참이었다.

익숙한 조직생활 대신 번듯한 회사원이라는 신분으로 바뀐 것도 김태춘에게는 새로운 인생을 살 수 있다는 희망을 품게 만들어 주었다.

하지만 회사원이라고 해도 하는 일은 예전의 일과 전혀 달라진 것이 없었다.

오히려 예전보다 더 폭력과 같은 힘을 쓰는 일들을 포함하여 치밀하고 잔꾀를 많이 부리는 일들이 많아졌기에 김태춘에게는 회사업무(?)라고 하는 것이 너무나 쉬운 장난같은 일이었다.

하지만 회사에서 지급한 명함에는 '부영그룹 특수사업부 운영 1팀 대리 김태춘'이라는 이름이 번듯하게 박혀 있었기에 그것만으로도 자부심을 느끼는 중이었다.

운영 1팀은 명색이 특수사업부의 최고정예들로 선발된 곳이라고 할 수가 있었다.

부영그룹의 부회장이자 부영상사의 사장인 권휘의 직속친위대라고 할 수 있는 곳이었다.

회사의 궂은일의 대부분은 운영 1팀에서 처리하는 것으로 알려져 있었다.

한때 부산에서 온천장지역을 장악하고 있던 이종걸이 운영 1팀장이라는 직함으로 부하들을 이끌고 있었다.

그는 그룹의 2인자인 권휘의 총애를 받고 있다고 자타가 인정하고 있었기에 운영 1팀은 그야말로 부영그룹에서는 누구도 감히 건드릴 수 없는 최고의 부서로 인정받기도 했다.

그런 운영 1팀에 권휘의 특별지시가 내려진 것이 하루

전이었다.

권휘의 지시는 여대생 한명을 조용히 데려오라는 것.
자부심으로 넘치던 운영 1팀으로서는 말 그대로 땅 짚고
헤엄치기 같은 업무라고 생각했다.

하지만 엉뚱한 상황으로 인해서 그 업무가 실패로 끝났
고 그것이 운영 1팀에게는 엄청난 질타가 쏟아졌다.

또한 직접 업무를 진행했던 김태춘과 양인석에게 부산
으로 내려가서 대기하라는 명령이 떨어졌다.

너무 쉬운 업무라고 생각했던 것이 정작 김태춘에게는
쥐약이 된 셈이었다.

쪼르르르르.

맞은편 자리에 앉은 양인석이 테이블 위에 놓인 맥주잔
에 맥주를 따랐다.

하얀 거품이 일어나며 투명한 유리잔에 황금색의 맥주
가 가득 차올랐다.

맥주를 따른 양인석이 잔을 드는 대신 가게 밖으로 고
개를 돌렸다.

점심시간이었지만 서울역 뒤편의 거리는 한산했다.

서울역에서 부산으로 내려가는 기차를 타기 전에 서울
을 떠나는 아쉬운 마음을 이렇게 한잔 술로 달래려는 것
이었다.

양인석이 고개를 돌려 김태춘을 바라보았다.

"야, 너무 신경 쓰지 마라. 일이 이렇게 될 줄 누가 알았겠냐? 잠시 부산으로 피했다가 나중에 부르면 다시 올라오면 될 거다."

양인석은 친구인 김태춘이 아쉬워하는 모습을 보며 달래고 있었다.

김태춘이 힐끗 양인석을 바라보았다.

김태춘은 자신의 잔이 비워진 것을 보고 양인석이 따라 놓은 맥주잔을 자신의 앞으로 끌어당겼다.

이내 그가 잔을 들어 시원하게 들이켰다.

꿀꺽. 꿀꺽.

그의 목젖이 울컥이며 얼음처럼 차가운 맥주를 목으로 넘기고 있었다.

"크어."

탁—

잔을 내려놓은 김태춘이 어금니를 깨물었다.

"그년이 갑자기 소리만 지르지 않았다면 일이 이렇게 되지는 않았을 텐데……."

김태춘은 아무리 생각해도 어제 일어난 일이 아쉽기만 했다. 양인석이 혀를 찼다.

"그래도 그렇지. 어째서 단번에 심장을 찔러버렸냐? 그 때문에 경찰들도 난리라고 하더라. 니미럴. 그것도 한 명이 아니라 경비원까지 해서 두 명이나 죽어 버렸으

니… 끙."

양인석이 손으로 이마를 짚었다.

그 또한 어제 일이 계속해서 마음에 걸렸다.

반포의 아파트에서 벌어진 두 건의 살인사건은 경찰에서 따로 전담팀을 만들어 수사를 하고 있다는 뉴스가 어젯밤 속보로 흘러나올 정도로 충격적인 상황이었다.

그런 상황이었기에 이종길 팀장이 자신들에게 몸을 피하라고 지시한 것이었다.

다만, 그것이 부산이라는 것이 김태춘과 양인석에게는 마치 조직에서 퇴출되는 느낌을 안겨주었기에 실망하고 있었다.

양인석이 다시 비워진 술잔에 술을 따르며 입을 열었다.

"팀장이 우릴 구하려고 사장님한테 꾸지람 엄청 들었다고 하더라. 그래도 이만하길 다행이지. 행여 사장님이 직접 우리를 불렀다면 팔이든 다리든 한군데는 부러졌을 거야."

양인석과 김태춘에게 가장 무서운 사람은 그룹의 이인자라고 인정받고 있는 부영상사의 권휘 사장이었다.

마귀라는 별명을 가진 권휘 사장을 두려워하지 않는 사람은 그룹 내에서는 아무도 없을 정도였다.

그런 권휘가 직접 내린 지시를 망쳤으니 김태춘과 양인

석에게는 너무나 두려운 상황이었다.

하지만 이종길 팀장의 배려로 이렇게 부산으로 몸을 피하는 것으로 마무리 되었기에 다행이라면 다행이라고 할 수 있었다.

양인석이 자신의 잔에 채워진 맥주의 거품이 사그라드는 것을 보며 입을 열었다.

"부산에 내려가서 회에 소주나 한잔하자. 지금 우리가 여기서 할 수 있는 건 아무것도 없어. 너도 잘 알잖아."

친구 양인석의 말에 김태춘이 피식 웃었다.

"내가 그걸 모르겠냐? 단지 이번 일만 잘 풀리면 혜선이를 서울로 불러 올려서 같이 살림도 한번 살아보려고 했는데 그게 아쉬워."

김태춘이 말한 혜선이라는 여자는 남포동에서 김태춘의 인맥으로 작은 맥주집을 운영하는 유혜선이라는 여자였다.

김태춘과는 꽤 정이 깊은 사이로 언젠가는 결혼까지 생각하고 있었던 참이었다.

한번 결혼을 했다가 실패했던 유혜선은 김태춘이 부영그룹의 대리로 서울로 올라간다는 것에 자신도 데려가 달라고 떼를 쓰기도 했다.

유혜선은 무서운 건달조직원이었던 김태춘이 부영그룹의 정식 회사원으로 서울에서 근무하게 되면 동승하

는 것이 이혼녀라는 신분으로 술이나 팔아야 했던 비참
한 자신이 어두운 밤거리에서 벗어날 수 있는 피난처로
생각했던 것이다.

김태춘이 쓰게 웃었다.

"혜선이가 많이 실망할 것 같아 마음이 무겁다."

"병신, 언젠가 다시 올라오게 된다니까 그러네. 종걸이
형이 그래도 의리는 두텁잖아."

"끙."

"그러지 말고 이참에 부산에 내려갈 때 니 마누라 혜선
이 줄 가방이라도 하나 사서 내려가자. 빈손으로 내려가
기는 그렇잖아."

양인석이 친구 김태춘을 달래었다.

김태춘이 눈을 껌벅였다.

"가방……?"

"그래 가방, 요새 여자들은 명품 가방 하나면 펑펑 울
다가도 웃는다. 니미럴, 나는 가방을 사줄 여자도 없는
데 적어도 태춘이 넌 혜선이가 있잖아."

양인석이 김태춘의 앞에 놓인 잔에 술을 채워주며 입을
열었다.

김태춘이 눈을 껌벅이며 중얼거렸다.

"가방이 그렇게 여자들한테 좋은가?"

양인석이 웃었다.

"비서실의 미스 안 있잖아."

"미스 안?"

양인석이 말한 미스 안은 부영상사의 사장인 권휘의 비서 안수연이었다.

부영그룹의 이인자인 부영상사 사장 권휘의 비서라는 것만으로 한껏 콧대가 높아서 어쭙잖은 사내들은 눈길조차 주지 않을 만큼 도도한 여인이었다.

양인석이 머리를 끄덕였다.

"그래, 사장님 비서 말이야. 그년이전에 비 오는 날 가방을 너무 소중하게 닦고 있길래 그게 뭔데 그렇게 닦느냐고 했다가 기겁했다."

"왜?"

김태춘이 눈을 동그랗게 뜨고 양인석을 바라보았다.

양인석이 대답했다.

"그 코딱지만 한 가방이 수백만 원짜리라고 하더라. 니미럴. 소 한 마리를 통째로 벗겨 그 가죽으로 가방을 만들어도 그만큼 비싸지는 않을 거라는 생각이 들더라, 쿡쿡."

양인석이 당시의 일을 머리에 떠올리며 웃었다.

김태춘이 물었다.

"그 가방 이름을 물어봤냐?"

"그래. 무슨 영화에도 나왔다고 하던데… 악마가 뭘 입

었는지 벗었는지 하는 영화에 그 가방의 이름이 있어."

"그래……?"

"백화점의 가방 파는 곳에 가서 물으면 알려줄 거야."

양인석이 남은 맥주를 다시 시원하게 목구멍으로 넘겼다.

김태춘이 자신의 앞에 놓인 맥주를 마신 후 잔을 내려놓았다.

"그래. X발 이참에 혜선이 줄 가방이나 하나 사서 내려가는 것이 좋겠다. 가자."

김태춘은 이렇게 쫓기듯 떠나야 하는 서울에서 애인인 유혜선에게 줄 가방이나 하나 사서 내려갈 생각이었다.

지금까지 선물이라고 했던 것이 꽃바구니와 와인, 샴페인과 꽃다발, 해외에서 넘어온 양주세트 등 거의 술과 관련된 것뿐이었다.

이참에 유혜선에게 비싼 선물이나 하나 해줘서 인심이나 얻을 생각이었다.

김태춘이 자리에서 일어서는 양인석을 보며 물었다.

"근데 어느 백화점으로 가야 되지?"

양인석이 빙긋 웃었다.

"이왕 사려면 강남의 한진 백화점으로 가서 최고로 좋은 가방 하나 사서 줘라. 널 따라 서울로 이사까지 하려던 혜선이가 아니냐? 나중을 위해서 투자한다고 생각해."

강남의 한진백화점은 대한민국에서도 최상급의 백화점으로 알려졌다.

강남의 유한마담이나 상위 1%의 부유층들이 주로 이용하는 백화점이었다.

주차장조차 대한민국에서 쉽게 볼 수 없을 정도의 초슈퍼급 외제차들만 주차할 수 있다는 황당한 소문이 돌 정도로 유명세를 치르는 곳이기도 했다.

김태춘이 이마를 찌푸렸다.

"강남으로 가자고?"

양인석이 웃었다.

"이왕 사려면 그곳에서 사는 것이 좋을 거라는 말이다. 혜선이에게 한진 백화점의 영수증까지 같이 건네주면 그게 진짜 진품이라는 것을 증명하는 것이기도 하니까 말이다."

"흠."

김태춘이 눈을 반짝였다.

원래부터 자신보다 잔꾀가 밝은 양인석이었기에 그의 말이 틀리지 않다는 생각이 들었다.

"그래 강남으로 가자."

"짜식 진작에 그럴 것이지."

두 사람이 자리에서 일어섰다.

양인석이 자신의 지갑에서 1만 원 권 지폐 3장을 꺼내

어 테이블 위에 던지듯 올려놓았다.

"아줌마. 잘 먹고 갑니다."

양인석과 김태춘에게 맥주를 팔았던 통닭집 아줌마가 주방에서 급히 나오며 인사를 했다.

"안녕히 가세요."

통닭집 주인 아줌마는 장사준비를 하고 있던 시간에 갑자기 손님으로 들어온 김태춘과 양인석이 3만원의 매상을 올려준 것이 너무나 고맙기만 했다.

더구나 테이블 위에는 별다른 안주가 없이 맥주 3병만 놓여 있었기에 3만원이라는 돈은 그녀에겐 마치 횡재와도 같았다.

서울역 뒤편에 위치한 통닭집을 나온 김태춘과 양인석은 이내 지나가던 택시를 타고 강남의 한진백화점으로 향했다.

* * *

"진짜 이걸 사준다고?"

한유진이 쇼윈도에 걸린 옷을 보며 눈을 크게 떴다.

하얀색의 원피스는 말 그대로 너무나 아름답게 보였다.

부드러운 실크천이 어깨선을 따라 아래로 흘러내렸고

무릎 위쪽에서 살짝 사선으로 잘려 재단되어 있었다.

옷에 대해 모르는 사람이 본다고 해도 탄성이 터질 정도로 우아하게 디자인이 되어 있었다.

한서영이 머리를 끄덕였다.

"그래. 넌 키가 크고 다리가 예뻐서 진짜 잘 어울릴 거야."

한서영은 동생 한유진이 칼에 찔려서 죽었던 끔찍한 기억을 이렇게 말끔하게 털어 낸 것이 너무나 고맙기만 했다.

그 때문에 오늘만큼은 한유진이 무얼 원하든 다 들어주고 싶었다.

한서영의 옆에 서 있던 김동하도 한서영이 지목한 옷을 보며 내심 머리를 끄덕이고 있었다.

마네킹에 입혀진 것만으로도 무척이나 아름답게 보이는 옷이었다.

다만, 옷 안쪽에 매달려 있는 가격표가 어지간한 사람이 아니라면 엄두도 낼 수 없을 정도로 고가였기에 누구라도 함부로 건들지 못했다.

여성복 매장 안에서 쇼핑을 하고 있는 다른 고객들도 한서영과 한유진이 서 있는 곳으로 다가왔다가 엄두가 나지 않는 듯 고개를 흔들며 지나갔다.

자신들의 눈에도 상당히 좋은 느낌을 주는 옷이었지만

자신들이 입고 소화해 낼 자신이 없던 것이다.

세상에서 가장 좋은 옷은 비싸고 아름다운 옷이 아닌 자신에게 가장 잘 어울리는 옷이라는 것을 모두가 알고 있었다.

한서영은 동생인 한유진이라면 눈앞에 보이는 이 아름다운 원피스가 너무나 잘 어울릴 것이라고 확신했다.

세 사람이 매장의 앞쪽에서 옷을 구경하고 있자 유니폼을 걸친 단정한 차림의 여직원이 다가왔다.

"고객님. 도와드릴까요?"

한서영이 쇼윈도에 마네킹과 함께 진열된 옷을 가리키며 입을 열었다.

"이 옷 한번 입어볼 수 있을까요?"

여직원이 눈을 깜박이며 한서영이 지목한 옷을 바라보았다.

백화점 내에서도 최고의 명품으로 지목받는 '넬라'라는 이탈리아 브랜드 옷이었다.

여직원이 한서영과 한유진을 재빨리 눈으로 훑어보았다.

여자인 자신이 보아도 입이 벌어지면서 감탄이 흘러나올 정도로 아름다운 얼굴과 몸매를 가진 고객들이었다.

한서영과 한유진이 현재 입고 있는 옷은 그다지 비싸지 않아 보이는 옷이었다.

하지만 지금 쇼윈도에 걸린 넬라 원피스를 입게 된다면 단번에 사람들의 시선을 당길 정도로 너무나 아름답게 보일 터였다.

어쩌면 이곳에서 엉뚱한 패션쇼가 열릴 수도 있다는 직감이 여직원의 머리를 스쳐갔다.

옷을 구매하지 않아도 다른 고객들까지 매장으로 유혹할 수도 있을지 모르는 일이었다.

여직원이 환하게 웃으며 대답했다.

"물론이에요. 탈의실로 가시면 옷을 가져다 드릴게요."

여직원이 친절하게 웃으며 한서영을 바라보았다.

한유진이 큰 눈을 깜박이며 다시 물었다.

"언니. 정말 이 옷을 사줄 거야?"

한서영이 빙그레 웃었다.

"물론이야."

한서영의 대답에 한유진이 잠시 망설였다.

청바지와 무난한 하얀색 티셔츠만 즐겨 입던 한유진의 눈에도 눈앞에 보이는 원피스는 무척이나 아름답게 보였다.

한유진이 고개를 끄덕였다.

"알았어."

한유진은 언니 한서영이 대한민국에서 그 어떤 재벌도

부러워하지 않을 정도로 부자라는 사실을 알고 있는 친동생이었다.

그런 언니에겐 이 백화점의 옷이 아무리 비싸더라도 상관없을 하찮은 일일 것이었다.

만약 언니 한서영이 세영대학병원의 인턴으로 쥐꼬리만 한 월급을 받는 상황이었다면 아무리 등을 떠밀어도 언니에게 옷을 사달라고 하지는 않았을 한유진이었다.

한유진이 탈의실로 향하고 여직원이 옷을 들고 한유진의 뒤를 따랐다.

동생과 여직원이 사라지자 한서영이 몸을 돌려 김동하를 바라보았다.

"오늘은 유진이가 뭘 원하든 다 들어줄 생각이야. 그러니 자기도 이해해 줘."

한서영의 말에 김동하가 웃었다.

"전 아무래도 상관없습니다. 그냥 서영 누님이 하고 싶은 대로 하십시오."

김동하의 대답을 들은 한서영이 그 자리에 서서 팔짱을 꼈다.

이내 한 손으로 턱을 가볍게 만지던 한서영이 입을 열었다.

"지금까지 나한테 자기가 사용하던 호칭을 바꿔야 할 것 같아."

"호칭?"

"내가 누나이고 그래서 서영 누님인 것도 맞지만 계속 그 호칭을 사용하면 이상할 것 같아."

김동하가 눈을 깜박였다.

"그럼 어찌 불러야 합니까."

한서영이 대답했다.

"일단 꼬박꼬박 말을 존대하는 것도 바꿔야 해. 결혼을 해서 부부가 되어도 계속 나를 누님이라 부르고 존대를 하는 것은 아닌 것 같아. 부부란 서로 동격이라는 의미가 담겨있어. 서로 상대를 존중해 주어야 한단 말이야. 그렇다고 갑자기 친구처럼 평격으로 대하는 것도 이상하고……."

한서영이 잠시 눈을 찌푸리며 무언가를 생각하는 듯했다. 이내 한서영이 입을 열었다.

"난 계속해서 자기를 자기라고 부를 거야. 그리고 자기는 나에게 서영이라는 이름으로 불러. 서영 누님이 아닌 서영 씨라는 호칭으로 말이야. 어때?"

김동하가 눈을 껌벅이다 이내 머리를 끄덕였다.

"알겠습니다. 그렇게 부르지요."

한서영이 웃었다.

"그것도 한동안만 그럴 거야. 나중에 결혼식을 올리고 나서 진짜 부부로 살게 된다면 여보, 당신이라는 호칭을

사용하겠지만 그건 나중에 자기랑 부부사이가 익숙해질 때쯤 자연스럽게 나올 테니 기다리면 되겠지."

"그런가요?"

김동하가 부드럽게 웃었다. 그때였다.

"와, 저게 뭐야?"

"세상에……."

"우와… 연예인인 것 같은데?"

갑자기 여성복 매장이 술렁이고 있었다.

한서영이 어리둥절한 표정으로 머리를 돌리는 순간 아름다운 모습의 여동생 한유진이 들어왔다.

김동하도 약간 놀란 얼굴로 큰처제인 한유진을 바라보았다.

탈의실에서 옷을 갈아입고 나온 한유진의 모습은 단번에 사람들의 시선을 끌어당길 정도로 아름다웠다.

한유진의 훤칠한 키와 늘씬한 몸매가 두드러지게 표현되어 있었고 더구나 한유진의 아름다운 미모는 단번에 사람들의 이목을 집중시킬 정도였다.

한유진은 자신이 옷을 갈아입고 나오자 사람들이 웅성거리는 것을 보며 살짝 얼굴이 붉어져 있었다.

한유진에게 원피스를 입혀본 여직원도 놀란 얼굴로 연신 한유진의 모습을 바라보며 탄성을 터트리고 있었다.

여직원으로서는 몇 년째 이곳 여성복 매장에서 근무하

고 있었지만 한유진처럼 아름다운 모델은 처음이라고 생각하고 있었다.

그 어떤 모델을 이곳에 데려와도 한유진만큼 아름다운 모습을 보여 주지 못할 것이라는 느낌이 들었다.

그만큼 한유진의 지금 모습은 보는 사람들이 절로 감탄성을 터트리게 만들 정도였다.

한유진이 살짝 붉어진 얼굴로 한서영에게 다가왔다.

"사람들이 보니까 부끄러워, 언니."

한유진의 말에 한서영이 웃었다.

"선머슴이 따로 없을 정도로 말괄량이인 네가 부끄러워하다니 그것도 별일이네. 호호."

"언니……."

한유진이 살짝 울상을 지었다. 한서영이 웃으며 입을 열었다.

"됐다. 이 세상에서 지금 나에게 가장 아름다운 사람이 누군지 물어본다면 내 동생이라고 대답할 수 있을 것 같아."

한서영의 칭찬은 한유진에게는 그야말로 최고의 칭찬이었다.

"정말이야?"

"응. 진짜 예뻐. 그 옷의 주인은 유진이 너라고 그 옷이 말해주는 것 같아."

"그, 그런가?"

한유진은 탈의실에서 거울로 확인했지만 다시 한 번 자신의 눈으로 자신의 모습을 내려다보았다.

언니인 한서영처럼 키도 크고 늘씬한 한유진의 모습은 참으로 아름답게 비치고 있었다.

한서영이 여직원을 보며 입을 열었다.

"이 옷을 살게요."

여직원이 눈을 깜박였다.

"그, 그러시겠어요?"

"네. 보다시피 이 옷이 동생에게 참 예쁘게 어울리네요."

한서영이 생긋 웃으며 자신의 지갑에서 카드를 꺼내어 내밀었다.

여직원이 카드를 받고 황급히 계산대로 돌아갔다.

여직원이 계산하는 동안 한서영은 한유진을 다시 한번 바라보았다.

한서영의 눈에 한유진이 신고 있는 운동화가 들어왔다.

평소에도 구두나 굽이 높은 힐 같은 것은 잘 신지 않는 동생이었기에 아름다운 옷에 운동화가 거슬리는 느낌이었다.

한서영이 한유진을 보며 입을 열었다.

"신발도 사고 가방도 사자."

한유진의 눈이 동그랗게 변했다.

"신발과 가방을 산다고?"

"그래. 유진이 네가 굽이 높은 구두나 명품 가방 같은
건 싫어하는 것은 알고 있지만 그래도 한 번쯤은 여자로
태어난 것을 확인하게 해주고 싶어. 지금까지는 언니가
너에게 사주고 싶어도 능력이 없었지만 지금은 아니잖
아. 언니로서 내 친동생에게 할 수 있는 것은 다 해주고
싶은 게 지금의 내 심정이야. 그리고 조금 후면 난 결혼
을 할 거고 그때는 이렇게 너와 둘이서 쇼핑하는 것도 어
쩌면 쉽지 않을지 몰라. 그러니까 이번만큼은 언니 말에
따라줘."

한서영의 말에 한유진이 눈을 깜박였다.

한서영이 못을 박듯 단호하게 말했다.

"그리고 지금부터 그 옷 벗지 마. 그냥 입고 다녀. 유진
이 네가 내 동생인 걸 언니가 자랑하게 해달란 말이야."

한서영의 표정이 단호해지자 한유진이 눈을 껌벅이며
한서영을 바라보았다.

한유진은 지금까지 살아오면서 동생들에게 베풀기만
하는 착하고 유순한 맏언니가 이렇게 단호한 모습을 보
이자 마음이 울컥해졌다.

한서영이 한유진의 손을 잡으며 입을 열었다.

"다 해줄 거야. 그동안 언니로 태어난 덕분에 나에게 뺏겨왔던 것, 동생들에게 다 해줄 거야. 그러니 이유같은 것 따지지 말고 다 받아. 알겠지?"

한유진이 머리를 끄덕였다.

"그래."

이내 결제가 끝난 것인지 여직원이 한서영의 카드와 한유진이 입고 있었던 옷이 담겨진 쇼핑백을 같이 들고 돌아왔다.

"감사합니다."

여직원이 정중하게 인사를 했다. 한서영이 방긋 웃었다.

"고마워요."

이내 세 사람이 다시 여성복 센터를 나갔다.

한서영은 오늘 만큼은 여동생 한유진을 위해서 살 생각인 듯 한유진의 손을 잡고 백화점의 내부를 돌기 시작했다.

* * *

"…방금 이게 얼마라고 했소?"

김태춘이 자신의 앞에 놓인 가방을 보며 눈을 치켜떴다.

이탈리아 브랜드의 명품가방 코너인 '프라드'의 여 종업원이 우악스런 김태춘의 얼굴을 보며 살짝 몸을 굳혔다.

"세금까지 포함해서 모두 420만원이에요."

여직원의 말에 김태춘이 입을 벌렸다.

비싸다는 말은 친구인 양인석에게 들어서 알고 있었지만 말 그대로 비싸도 너무 비쌌다.

하지만 한눈에 보아도 고급스런 느낌이었고 금장으로 가죽에 로고가 박힌 디자인은 과연 명품이라는 생각이 들었다.

김태춘과 함께 가방코너에 들어온 양인석이 웃었다.

"거봐, 제법 비쌀 것이라고 했잖아 하하."

양인석의 말에 김태춘이 머리를 살짝 흔들었다.

"두 번 다시 이런 선물 따위는 못 해주겠군. 제길."

혼잣말처럼 중얼거린 김태춘이 여직원을 보며 입을 열었다.

"12개월 카드할부로 할 거요."

말을 마친 김태춘이 자신의 지갑에서 카드를 꺼내어 여직원에게 내밀었다.

여직원이 공손하게 김태춘이 내미는 카드를 받았다.

김태춘으로서는 부산에서 자신을 기다리는 유혜선을 위해 큰마음을 먹고 구입하는 가방이었다.

그때였다.

김태춘과 양인석이 프라드 가방을 구입하는 매장으로 일단의 남녀가 들어서고 있었다.

막 시선을 돌리던 양인석이 매장으로 들어서는 남녀를 보며 입을 벌렸다.

자신이 보아도 눈이 번쩍 뜨일 정도의 너무나 아름다운 여자 두 명과 건장한 체격의 남자 한 명이 두 사람을 경호하듯 가까이 붙어서 매장으로 들어서고 있었다.

"뭐 저렇게 예쁜 여자들이 둘이나 있어? 연예인들이 즐겨 찾는 백화점이라고 들었는데 진짜 연예인들인가?"

양인석이 혼잣말로 중얼거리다 괜히 김태춘을 꼬드겨 이곳 강남의 한진백화점에 왔다는 생각이 들었다.

자신이나 김태춘과 같은 부류는 그냥 짝퉁이나 만들어 파는 동네 뒷골목의 시장이 어울릴 것이라는 자책감에 기분이 언짢아지고 있었다.

그의 귀로 안으로 들어서는 여자의 목소리가 들렸다.

"언니, 나 이런 거 진짜 필요 없어."

매장으로 들어서는 한유진이 한서영을 보며 고개를 흔들었다.

잠시의 시간동안이었지만 여성복 매장을 나온 이후 한유진이 모습은 조금 달라져 있었다.

운동화 차림이었던 한유진의 발에는 반짝이는 흰색의

구두가 신겨져 있었다.

그 때문에 비슷한 키였던 한서영보다 한유진이 조금 더 큰 느낌이 들었다.

신발까지 사서 동생에게 신겨놓은 한서영이 이번에는 한유진에게 가방을 사주기 위해 이곳으로 들어선 것이다.

가방매장으로 들어서던 한유진은 이곳이 세계적인 명품브랜드인 프라다의 매장이라는 것을 알고 난색을 표했다.

옷도 그렇고 신발과 가방까지 아예 자신을 명품으로 도배한 된장 아가씨로 만들 생각인 언니의 횡포(?)에 질색을 하고 있었다.

한유진은 식사예절과 접시예절을 따지는 고급레스토랑 대신 순서 없이 먹고 마시는 뒷골목 순대국집을 좋아하는 단순하고 담백한 성격이 특징이었다.

그런 한유진에게 이런 식의 쇼핑은 고역이었다.

하지만 동생인 한유진이 죽음에서 살아온 이후 한서영은 자신이 해줄 수 있는 것은 다 해주고 싶었기에 동생을 이곳으로 끌고 들어온 것이었다.

한서영이 한유진의 손을 끌며 입을 열었다.

"오늘은 잔소리 하지 말고 언니 말에 따라야 한다고 했지? 그러니 잔말 말고 따라 와."

조선남자
朝鮮男子

120

한서영의 말에 한유진이 울상을 지으며 김동하를 바라
보았다.

"형부, 그러지 말고 언니 좀 말려."

한유진이 울상을 짓자 김동하가 어색하게 웃었다.

"저도 서영누, 아니 서영 씨를 막지 못합니다. 그러니
아예 언니 말을 듣는 게 편할 겁니다."

"아이 어떡해?"

한유진이 울상을 지으면서도 결국 한서영의 뒤를 따라
매장 안으로 들어섰다.

막 안으로 들어서던 한유진이 마치 석상처럼 하얗게 질
린 얼굴로 멈춰 섰다.

카운터의 계산대에서 계산을 마치고 돌아서는 김태춘
의 얼굴을 정면으로 보게 된 것이었다.

김태춘도 420만 원짜리 가방이 담긴 쇼핑백을 들고 멍
한 얼굴로 한유진을 바라보았다.

김태춘의 눈이 동그랗게 커지며 한유진의 얼굴을 바라
보고 있었다.

김태춘과 시선이 마주친 한유진이 손을 바르르 떨었
다.

한유진은 죽을 때까지 결코 잊을 수 없었다.

매부리코를 가진 음침해 보이는 얼굴의 사내가 자신의
가슴을 향해 은빛으로 번득이는 칼날을 밀어 넣던 그 장

면을.

그 악몽이 한순간에 떠올랐다. 김태춘 역시 놀란 얼굴로 한유진을 바라보았다.

자신의 칼에 찔린 채 하얗게 굳은 얼굴로 자신을 바라보다 뒤로 넘어지던 그 여자가 지금 너무나 예쁜 모습으로 자신의 앞에 서 있었다.

텔레비전에서 죽었다고 속보방송까지 나왔던 한유진이 이렇게 버젓이 다시 살아서 자신의 앞에 서 있다는 것이 믿어지지 않았다.

한서영은 갑자기 몸을 떨며 하얗게 질린 얼굴로 서 있는 한유진의 모습에 당황했다.

"유, 유진아. 왜 그래?"

한서영은 항상 명랑하고 쾌활한 동생 한유진이 이렇게 무언가에 놀라서 하얗게 질려 있는 모습은 처음으로 보고 있었다.

김동하 역시 놀란 얼굴로 한유진을 바라보았다.

김태춘 역시 멍한 표정으로 한유진을 바라보고 있었고 뒤늦게 김태춘과 같이 방금 매장으로 들어선 양인석도 얼굴을 굳혔다.

김태춘이 중얼거렸다.

"부, 분명히 죽었는데… 내가 찔렀는데…….."

"야, 태춘아. 그 여자 맞지?"

조선남자
朝鮮男子

122

김태춘과 양인석이 하얗게 질린 얼굴로 한유진을 바라보고 있었다.

한유진을 얼떨결에 죽인 덕분에 어쩔 수 없이 부산으로 내려가게 된 두 사람이었다.

그런 자신들의 눈앞에 너무나 멀쩡한 모습으로 한유진이 다시 나타나자 마치 귀신을 만난 듯 온몸이 굳어버린 두 사람이었다.

한서영이 놀란 얼굴로 다시 한유진을 흔들었다.

"유진아, 왜 그래?"

한유진이 몸을 떨며 한서영의 손을 잡았다.

"어, 언니. 저 사람이야."

한유진의 시선이 매부리코의 김태춘을 바라보고 있었다.

한서영이 동생이 가리킨 김태춘을 힐끗 보다가 다시 한유진에게 시선을 돌렸다.

"저 남자가 왜?

한유진이 떨리는 목소리로 대답했다.

"저 사람이… 날 칼로 찔렀어."

"뭐?"

한서영의 눈이 커졌다.

김태춘의 어금니가 꾸욱 깨물어지고 있었다.

김태춘이 성큼 한유진과 한서영의 앞으로 다가섰다. 김

태춘의 눈이 번들거리고 있었다.

한유진의 코앞으로 다가선 김태춘이 이를 갈 듯이 한유진을 쏘아보았다.

"X팔, 어떻게 살아난 것인지 모르지만 여기서 입만 벙긋하면 아예 이번에는 모가지를 떼어줄게. 그러니까 아무소리 말고 조용히 따라와."

김태춘이 짐승이 으르렁거리듯 낮게 중얼거렸다.

양인석도 급하게 한서영과 한유진의 앞으로 다가왔다.

"이게 어떻게 된 거야? 멀쩡하잖아?"

양인석이 한유진의 아래위를 단숨에 훑었다.

김태춘이 이를 갈 듯이 한서영과 한유진을 보며 입을 열었다.

"어찌 된 일인지 모르지만 일단 너 때문에 내가 입장이 말이 아니게 되었어. 죽지도 않은 년이 죽었다고 뉴스에 나오는 바람에 내가 개 창피를 당했단 말이다. 일단 여기서 나가야 하니까 조용히 따라 와라. 혹시라도 소리치면 그 뒤에는 어떤 일이 벌어질지 넌 알거야. 이번에는 진짜 뒈진다. 알겠냐?"

조용히 중얼거리듯 말을 하는 김태춘의 눈이 희번덕거리고 있었다.

그때였다.

"이 개자식들이 유진이 널 칼로 찌른 놈이라고?"

한서영의 눈이 너무나 서늘하게 변했다.

한서영은 자신의 동생인 한유진을 죽게 만든 인간을 어떤 일이 있어도 찾아내 반드시 그 죗값을 치르게 하고 싶었다.

김태춘의 눈이 한서영을 향했다.

김태춘은 자신을 향해 다짜고짜 개자식이라고 욕설을 내뱉는 한서영의 아름다운 모습에 놀랐다.

자신이 죽였던 한유진도 놀랄 만큼 아름다운 여자였지만 그런 한유진의 아름다움과는 조금 다른 느낌이었다.

마치 한 폭의 동양화 미인도를 보는 느낌의 고전적인 느낌의 단아함까지 느껴지는 한서영이었다.

하지만 한서영의 아름다움에 놀라는 것도 그때뿐이었다.

김태춘의 표정이 한순간에 달라졌다.

마치 한서영의 얼굴을 부숴버릴 것 같은 섬뜩한 표정이 김태춘의 얼굴에 떠올랐다.

김태춘이 한서영을 보며 어금니를 깨물었다.

"너 방금 뭐라고 했어?"

한서영이 김태춘을 노려보며 입을 열었다.

"네가 내 동생을 칼로 찔렀니? 이 족제비 같은 새끼야."

얼굴의 전체 인상이 매부리코에 하관이 빠르게 생겨서

동료들에게서도 족재비라는 별명으로 불리던 김태춘이
었다.

하지만 김태춘은 자신을 족재비라고 부르는 것을 질색
했다.

자신의 얼굴을 가지고 놀리는 것 같은 느낌이 들었기
때문이다.

그 때문에 김태춘의 친구나 선배들이라면 억지로 참았
지만 후배들이나 부하들이 자신의 별명을 부른다면 그
때는 미칠 만큼 화를 내었다.

한서영이 김태춘을 노려보며 날카롭게 쏘아붙이자 김
태춘이 멍한 표정으로 한서영을 바라보았다.

하지만 이내 김태춘의 얼굴이 일그러졌다.

"이런 미친년이… 너 뭐야?"

김태춘은 이곳이 강남에 위치한 백화점이라는 것과 쇼
핑손님들과 아이쇼핑을 즐기는 사람들의 내왕이 많은
명품코너라는 것도 잠시 잊어버릴 정도로 화가 치밀었
다.

한서영이 김태춘의 얼굴을 쏘아보며 입을 열었다.

"생긴 게 꼭 족재비같은 네놈이 칼로 찌른 여자가 내 동
생이다. 이 개자식아. 남자새끼가 오죽 못났으면 힘도
없는 여자를 칼로 찔러? 하긴 생긴 꼴을 보니 그러고도
남게 생겼네. 미친 새끼야."

"뭐?"

김태춘이 다시 한번 눈을 껌벅이며 한서영을 바라보다가 눈을 치켜떴다.

"그럼 네가 그 세영대학병원인가에 다닌다는 그 의사년이냐?"

김태춘은 반포의 아파트에 살고 있는 한서영의 여동생을 데려오라고 지시했던 권휘의 지시를 수행하다가 지금의 상황이 된 것을 떠올렸다.

한서영이 김태춘을 쏘아보며 나직하게 입을 열었다.

"넌 오늘 죽었다고 생각하는 게 나을 거야. 너같은 인간쓰레기는 절대로 그냥 보내지 않을 거니까 단단히 각오해야 할 거다. 개자식."

가방명품관에서 갑작스런 상황이 벌어지자 근처에서 쇼핑을 하던 손님들이 이 황당한 광경에 술렁거리며 관심을 가지기 시작했다.

양인석이 주변의 상황이 변하는 것을 보며 다급하게 김태춘을 당겼다.

"야, 여기서 나가야 해."

양인석의 말에 김태춘이 주변을 둘러보았다.

그의 눈에도 약간 거리를 두고 사람들이 둘러서는 것이 보였다.

명품관에서 근무하는 백화점 여직원이 황급히 다가왔다.

"고객님, 여기서 이렇게 소란을 피우시면 안 됩니다."

여직원은 420만원짜리의 비싼 프라다 가방을 구입한 고객이 갑자기 매장에서 다른 고객과 다투는 것에 안절부절못한 표정이었다.

자신이 코너를 담당하고 있는 명품매장에서 예기치 못한 상황으로 고객들과의 다툼이 발생한다면 자신에게도 상당한 책임추궁이 있을 수 있었기 때문이다.

주변의 상황이 절대로 자신에게 유리하지 않다는 것을 느낀 김태춘이 어금니를 깨물었다.

그가 한서영의 얼굴 앞에 자신의 얼굴을 들이밀었다.

"야, 조용히 따라 나와. 소리 질러도 좋고 지랄을 떨어도 좋지만 그렇게 되면 이걸로 네년과 저년의 얼굴을 확 긋고 난 튀어버릴 테니까 말이다. 안 그래도 저년 때문에 기는 입장이었는데 한 년 더 늘어난다고 문제 될 건 없어."

김태춘이 한서영을 향해 자신의 상의의 옷깃을 열어 주머니를 손으로 살짝 벌려보였다.

늘 칼을 품에 지니고 다니는 김태춘이었기에 그의 상의 안쪽 주머니에는 하얀색의 천으로 감겨진 길쭉한 칼이 보였다.

손잡이가 흰색의 천으로 감겨 있었고 칼날은 주머니 안쪽에 들어 있어서 잘 보이지 않았지만 그것이 칼이라는

것은 한서영도 본능적으로 알 수가 있었다.

한서영이 싸늘한 표정으로 김태춘의 얼굴을 바라보며 입을 열었다.

"따라오지 말라고 해도 갈 테니 걱정하지 마. 이 족재비 새끼야. 나도 여기서는 너같은 새끼를 부숴버릴 생각은 없어."

"뭐 이런 년이 있어? 이걸 그냥 확……."

김태춘은 말끝마다 자신을 족재비라 부르는 한서영을 이 자리에서 후려치고 싶은 심정이었다.

그때 김동하가 김태춘의 곁으로 다가왔다.

"권휘가 보낸 사람들이 당신들이었나?"

김동하의 말에 김태춘의 눈이 커졌다.

김태춘이 빠르게 김동하의 아래위를 훑어 보았다.

키와 덩치는 자신과 비슷한 정도였지만 나이는 자신보다 어려 보이고 얼굴은 마치 영화배우나 탤런트를 보는 듯 잘생긴 사내였다.

매부리코로 인해 얼굴에 심한 콤플렉스를 가지고 있는 김태춘은 잘생긴 사내들만 보면 이유 없는 적개심을 가졌다.

"넌 뭐냐? 이년들과 같은 일행이냐?"

"권휘가 날 찾으라고 시켰을 텐데 잊은 모양이군."

순간 김태춘과 양인석이 멍한 얼굴로 김동하를 바라보

앉다.

김태춘이 김동하를 보며 놀란 표정으로 입을 열었다.

"네가 김동하라는 놈이냐?"

김태춘의 말에 김동하가 피식 웃었다.

"맞아, 내가 김동하라는 놈이지."

김동하의 말에 김태춘과 양인석이 서로 얼굴을 마주 보았다.

이대로 김동하와 한서영을 잡아서 사장님에게 데려간다면 자신들이 부산으로 내려가지 않아도 될 것이라는 생각이 들었다.

더구나 죽었다고 생각했던 세영대학병원의 의사년 동생도 죽지 않고 살아 있다는 것이 알려진다면 오히려 보너스까지 받을 수도 있을 것이라는 생각이 두 사람의 머리를 스쳐갔다.

김태춘이 이를 드러내며 웃었다.

"크 , 미치겠네. 아파트에서 그렇게 기다려도 코빼기도 안보이다가 이렇게 내 앞에 제 발로 나타날 줄은 몰랐는데."

양인석이 김동하를 바라보며 입을 열었다.

"이 두 여자가 일행이지?"

"그런데?"

김동하가 담담한 얼굴로 대답했다.

양인석이 김동하를 바라보며 조용히 입을 열었다.

　"너도 들어서 알겠지만 우린 그냥 순서고 나발이고 그런 거 안 지키고 사는 사람들이야. 수틀리면 여기서도 그냥 일 저지르고 뛸 수도 있단 말이지. 그러니 저 두 년 무사하게 지키고 싶으면 조용히 따라 나와. 우린 경찰도 두렵지 않은 사람들이니까 수작 부리지 않고 순순히 따라 나오는 것이 그나마 저 두 년을 온전하게 보호할 수 있을 거다."

　양인석은 행여 김동하가 주변에 도움을 청할 것 같아 한서영과 한유진을 인질로 김동하를 협박할 생각이었다.

　김동하가 그렇게 하려고 작심하고 있었기에 순순히 머리를 끄덕였다.

　"그러지. 우릴 권휘에게 데려갈 생각인가?"

　김동하가 순순히 따라간다고 말하자 오히려 놀란 것은 김태춘과 양인석이었다.

　돌발적인 상황에 엉겁결에 한유진을 죽이게 되면서 조직에서 떠나 부산으로 몸을 피해야 했던 것을, 이렇게 쉽게 일을 해결함으로써 만회한다는 것이 믿어지지 않을 정도였다.

　"순순히 따라오겠다고?"

　"그렇게 한다고 했는데 귀가 어두운가 보군?"

김동하는 이렇게 사람이 많은 백화점에서 소란을 피우는 것은 내키지 않았다.

더구나 아무런 힘도 없는 처제 한유진의 가슴에 잔인하게 칼을 박아 넣은 두 사람을 단순한 징계로만 응징하기는 싫었다.

두 사람에게는 권휘보다 더 잔혹한 징계를 내릴 생각이었다.

더구나 아내인 한서영이 이토록 화를 내는 것은 처음으로 보는 김동하였기에 한서영의 분이 풀릴 정도로 잔인한 형벌을 내릴 심산이었다.

김태춘이 김동하를 보며 이를 악문 목소리로 속삭였다.

"행여 이상한 수작이라도 할 생각을 품었다면 아예 지금 당장 버리는 것이 좋을 거야. 수틀리면 저 두 년의 얼굴을 아예 절반으로 갈라놓고 튀어버릴 거니까."

김태춘의 험악한 시선이 한서영과 한유진을 번갈아 훑어보았다.

한서영은 창백한 얼굴로 질려 있는 동생 한유진의 손을 잡고 쏘아보는 시선으로 김태춘을 바라보고 있었다.

한유진은 김태춘의 얼굴을 보면 볼수록 아파트의 엘리베이터 앞에서 자신의 가슴에 칼날을 찔러 넣던 그때의 장면이 떠올라 다리까지 후들거렸다.

형부인 김동하에게 천명을 돌려받아 살아나기 했지만 그렇다고 해도 그때의 그 잔인한 기억까지 잊은 것은 아니었기 때문이다.

어쩌면 한유진의 머릿속에 평생 트라우마로 남을 것이 분명할 정도로 충격적인 장면이었다.

김태춘이 양인석에게 가볍게 고갯짓을 했다.

앞장을 서라는 의미였다.

양인석이 끄덕이며 김동하를 바라보았다.

"따라와라. 내 친구 말대로 엉뚱한 수작을 부릴 생각은 하지 않는 게 좋을 거야. 난 모르지만 내 친구는 워낙 성질이 급한 놈이라서 앞뒤 안 따지고 선수부터 치는 놈이니까 말이야. 상황이 틀어지면 저년 둘은 죽어. 알겠냐?"

말을 마친 양인석이 몸을 돌렸다.

김동하가 한서영과 한유진의 곁으로 다가서며 입을 열었다.

"갑시다."

김동하의 말에 한서영과 한유진이 양인석의 뒤를 따라 걸음을 옮겼다.

걸음을 옮기던 한서영이 김동하를 보며 입을 열었다.

"이번에는 진짜로 크게 혼을 내 줘야 해. 유진이를 그렇게 만든 놈들이야. 절대로 용서할 수가 없어."

한서영의 얼굴에 진짜로 화가 났다는 것을 증명하듯 얼음장 같은 표정이 떠올라 있었다.

"그렇게 할 겁니다. 누님, 아니 서영씨의 화가 풀릴 만큼 크게 혼을 내지요."

한서영이 힐끗 뒤를 돌아보았다.

자신과 한유진의 세 걸음쯤 뒤에 김태춘이 따라오고 있는 것이 보였다.

양인석과 김태춘이 앞뒤로 서서 세 사람을 감시하며 권휘에게 데려가려는 모습이었다.

백화점의 명품관에서 벌어진 황당한 소동이 별다른 상황 없이 순탄하게 마무리 되는 것 같은 모습을 보이자 둘러선 사람들이 돌아서고 있었다.

한서영과 한유진을 보호하듯 나란히 걷고 있는 김동하의 뒷모습을 바라보고 있던 김태춘은 자신의 칼에 숨이 끊어진 한유진이 어떻게 다시 살아난 것인지 아직도 머리를 갸웃거리고 있었다.

자신의 칼에 가슴이 찔려 뒤로 넘어지던 한유진의 놀란 표정이 아직도 그의 머릿속에 생생했다.

더구나 가슴에 박혀들던 그 칼날의 느낌까지 생생하게 자신의 손끝에 남아 있는 느낌이었다.

그랬던 한유진이 마치 아무 일도 없었던 것처럼 자신의 앞에 다시 나타났다는 것이 지금도 믿어지지 않았다.

마치 지금 자신이 꿈을 꾸고 있는 중이라는 느낌까지
들어서 몇 번이나 자신의 손등을 손으로 꼬집어보기도
했다.

하지만 생생한 손의 통증으로 보아 지금의 상황은 꿈이
아닌 현실이라는 것을 다시 한번 느꼈다.

"어떡하지?"

양인석이 강남 한진백화점 앞의 도로 위에 서 있는 택
시를 보며 얼굴을 찌푸렸다.

자신과 김태춘을 비롯해서 여자 두 명과 사내 한 명, 모
두 5명이나 되는 인원이었기에 택시를 탈 수가 없었다.

몇 갑절의 돈을 얹어준다고 해도 택시기사들은 모두 머
리를 내저었다.

밤중이라면 모르지만 이런 대낮에 승차정원의 이상 승
객을 태우다 걸릴 경우 운전기사들에게 난감한 상황이
벌어질 수도 있었다.

더구나 단속하는 경찰들에게 발각될 경우 양인석이나
김태춘으로서도 곤란한 것은 마찬가지였다.

어쩌면 또다시 저녁 뉴스에 속보로 나올 일이 터질 수
도 있었다.

그렇다고 두 대의 택시에 나누어 탈 수도 없는 일이었
다.

두 대의 택시에 나누어 타게 되면 세 사람을 데려가기 위해 양인석과 김태춘이 떨어지게 될 것이고 그것이 또 어떤 변수를 불러일으킬지 알 수가 없기 때문이다.

더구나 김동하는 제법 덩치가 있어서 사무실로 돌아가는 길에 만약 반항이라도 하면 곤란한 상황이 벌어질 수 있다.

그렇게 된다면 상황을 반전시킨 것이 물거품이 될 수도 있었다.

김태춘이 힐끗 한서영과 한유진이랑 나란히 서 있는 김동하를 바라보았다.

두 여자와 나란히 서있는 김동하는 마치 산책이라도 나온 듯 한가한 표정으로 거리를 바라보고 있었다.

어디에도 두려워하는 표정이 없었고 두 여자에게도 그렇게 겁을 먹은 표정은 보이지 않았다.

"빌어먹을. 산책이라도 가는 표정이네. 기가 막힌다 정말……."

양인석이 난감한 표정으로 입을 열었다.

"차라리 팀장님께 우릴 데리러 오라고 전화를 해볼까?"

김태춘이 단번에 머리를 저었다.

"미쳤냐? 우리 손으로 권휘 사장님께 데려가야 우리가 실수를 만회했다는 것을 인정하실 텐데, 팀장님께 넘기

면 그 공이 다 팀장에게 간단 말이다. 그럼 공은 공대로 뺏기고 우린 부산으로 좌천돼서 쫓겨나는 건 여전히 변함이 없어."

"그런가?"

양인석이 머리를 갸웃했다.

김태춘이 입을 열었다.

"어떻게든 반드시 우리 손으로 직접 사장님께 데려가야 해."

혼잣말로 중얼거리던 김태춘의 어금니가 깨물렸다.

"하나를 버리자."

양인석이 눈을 껌벅였다.

"하나를 버려?"

"사장님이 데려오라고 한 건 그 의사년의 동생이었는데 지금 의사년과 김동하라는 놈까지 모두 잡았잖아? 그러니 의사년 동생은 버리고 의사년과 사내놈만 데려가자."

김태춘의 말에 양인석이 힐끗 김동하와 나란히 서 있는 한서영과 한유진을 바라보았다.

양인석이 머리를 흔들었다.

"시발, 간덩이가 부은 건지 우리가 누군지 모르는 것인지 모르겠다. 도망갈 생각도 안 해."

양인석의 말에 김태춘이 웃었다.

"잘 된 거지. 뭐 시팔 도망간다면 사내놈은 모르지만 계집 둘은 작살날 거니까 그걸 알고 있는 거라고 봐야지."

양인석이 김태춘을 바라보며 물었다.

"하나를 어떻게 버릴 건데?"

김태춘이 서늘하게 웃었다.

"동생이라는 년은 죽었는데 다시 살아났잖아? 다시 죽여주지 뭐."

"뭐라고? 여기서?"

"미쳤냐? 여기서 어떻게 죽여? 내가 아무리 멍청한 놈이라고 해도 이렇게 백주 대낮에 사람 죽이지는 않아."

"그럼?"

"지하로 가자."

"지하 어디?"

"어디 큰 건물 지하 주차장을 찾아야지."

"……."

김태춘의 시선이 한순간에 주변을 훑었다.

그때였다.

"조용한 곳을 찾는 모양이군?"

머리를 돌린 김동하가 김태춘을 바라보고 있었다.

김동하는 몸을 돌리고 있었지만 김태춘과 양인석이 나누는 대화를 모두 듣고 있었다.

김태춘이 다시 처제 한유진을 해친다는 말을 하자 더 이상 이들과 함께 있는 것이 싫어졌다.

그리고 이들이 가려는 곳이 해진이 있는 곳이 아닌 권휘가 있는 곳임을 깨달았다.

권휘는 이제 앞이 보이지 않는 절망감에 빠져 어딘가에서 천천히 자신의 죽어가는 모습을 스스로의 눈으로 지켜보고 있을 것이었다.

또한 해진을 만난다면 자신 혼자서 만날 생각이었기에 아내인 한서영과 처제 한유진을 대동하고 만날 생각은 전혀 없었다.

김태춘이 눈을 껌벅이며 김동하를 바라보았다.

김동하가 한진백화점 주차장을 가리켰다.

"저쪽으로 내려가면 조용할 것 같은데 그런 생각 들지 않나?"

김동하가 손으로 가리킨 곳이 한진백화점의 지하주차장이라는 것에 김태춘이 어이가 없다는 표정으로 김동하를 바라보았다.

김동하가 싱긋 웃었다.

김태춘이 눈을 껌벅거리며 김동하를 바라보다 입을 열었다.

"너 뭐하는 놈이냐? 우리가 누군지 궁금하지도 않아?"

김태춘은 김동하가 너무나 대담한 것이 참으로 믿어지

지 않았다.

김동하가 머리를 흔들었다.

"궁금하지 않아. 그리고 별로 알고 싶은 생각도 없고. 권휘와 같은 인간이랑 같이 있는 자들이라면 말하지 않아도 짐작이 가니까."

김동하의 말에 김태춘이 눈을 껌벅였다.

자신들보다 나이가 많은 사장님의 이름을 함부로 부르는 것도 그렇고, 마귀라는 별명으로 불릴 정도로 잔인한 사장님을 겁내지도 않는 김동하가 참으로 이상한 놈이라는 생각이 들었다.

"우리 사장님을 알고 있나?"

김동하가 피식 웃었다.

"궁금한 게 많은 모양이군? 하지만 말을 해줘도 당신들은 이해하지 못할 거야. 저쪽으로 가지."

말을 마친 김동하가 한서영과 한유진의 손을 잡고 백화점의 지하 주차장으로 걸음을 옮겼다.

아예 이번에는 김태춘이나 양인석이 행동하기 전에 김동하가 먼저 움직이는 황당한 상황이었다.

김태춘과 양인석은 지금 벌어지고 있는 이 황당한 상황이 이해가 되지 않았다.

분명하게 강압적으로 위협을 해서 세 사람을 끌고 가던 두 사람이었지만 지금은 오히려 입장이 바뀐 느낌이 들

어서 어리둥절했다.

김태춘이 이를 악물었다.

"저 새끼가 뭘 믿고 저러는 거야?"

"가자. 시발. 저 새끼 간덩이가 얼마나 큰지 확인부터
해봐야겠다."

양인석도 김동하가 먼저 움직이는 것에 기가 막혔다.

이내 세 사람이 한낮임에도 어두운 느낌이 물씬 드는
한진백화점의 지하 주차장의 입구로 들어섰다.

검은 토굴 속 같은 느낌의 지하주차장의 입구는 아래쪽
으로 원형의 나선이 길게 이어진 통로를 드러내고 있었
다.

지하로 내려가는 입구에서 김태춘과 양인석은 본능적
으로 얼굴에 마스크를 꺼내어 썼다.

백화점의 감시카메라를 의식한 행동으로 마치 몸에 배
어 있는 듯 습관적이었다.

그렇다고 해도 자신들의 행적이 온전히 감추어지는 것
은 아니겠지만 얼굴만큼은 노출되는 것이 싫어서 무의
식적으로 항상 이렇게 행동해왔다.

두 사람이 마스크를 쓰는 것을 전혀 개의치 않은 김동
하가 한서영과 한유진의 손을 잡고 나란히 지하의 입구
로 들어서서 걸음을 옮겼다.

강남 한진백화점의 지하주차장 3층은 아직 쇼핑을 하

기에는 이른 시간이어서 그런지 몇 대의 차 외에는 한산
하게 비워져 있었다.

바쁜 시간에는 이곳 지하 3층까지 고급차들로 가득 채
워져 있다.

그러나 쇼핑고객이 뜸한 한낮의 지하주차장 3층은 백
화점의 직원들이 이용하는 차량들로 보이는 몇 대만이
있었다.

지하 3층에서 엘리베이터를 타면 지하 1층부터 시작되
는 매장과 바로 연결되기 때문에 지하주차장으로 내려
오는 입구 쪽은 비교적 한산했다.

주차장으로 내려오는 동안 김태춘과 양인석은 앞장서
서 나란히 내려가는 김동하와 한서영 그리고 한유진을
바라보고 있었다.

그들은 감시를 위해서 뒤를 따르고 있는 상황이었지만
누군가 그들을 본다면 마치 김동하와 한서영 그리고 한
유진이 지하로 내려가는 동안 세 사람의 쇼핑 시중을 들
어주는 사람처럼 생각할 수도 있을 것이었다.

양인석이 힐끗 친구 김태춘을 바라보며 입을 열었다.

"너 어쩔 거야? 정말 여기서 계집 하나를 해치울 거
야?"

김태춘은 아무 말도 하지 않았다.

김태춘이 머리를 돌려 양인석을 바라보다 되물었다.

"넌 저 사내놈이 뭐하는 놈 같냐?"

"뭐?"

양인석이 두 눈을 껌벅였다.

김태춘이 한서영의 손을 잡고 지하주차장 3층으로 계속 걸어서 내려가는 것을 보며 머리를 갸웃거렸다.

"보통 우리 같은 놈들과 만나면 겁을 먹거나 시선을 피하는 게 일반적인데 저놈은 지금까지 단 한 번도 내 시선을 피한 적이 없어. 덩치를 보면 한가락 할 수 있는 놈 같은데 그렇다고 우리 둘을 상대할 만큼 강해보이지도 않아."

"그거야 그렇지."

"너도 알다시피 우리한테 센 척하며 기를 죽이려고 먼저 선수를 쳤던 놈들이 나중에 꼬리를 말고 살려달라고 비는 것을 한두 번 보았냐? 근데 저놈은 그런 것 같지도 않아. 계집 앞이라고 허세를 부리며 센 척하려고 하던 놈들과는 다르단 말이야."

김태춘의 말에 양인석이 피식 웃었다.

"진짜로 겁을 먹은 것일 수 있어."

"뭐라고?"

"두 계집들 앞이라고 일부러 저렇게 행동하는 것일 수 있단 말이야. 너도 보다시피 저년 둘 모두 상당히 반반한 계집들 아니냐? 그러니까 저년들에게 자신이 약한 모습

을 보이는 것을 창피하다고 생각해서 일부러 저러는 것
일 거라고."

김태춘이 양인석의 얼굴을 잠시 멍한 표정으로 바라보
다 입을 열었다.

"그것도 그렇지만 저놈이 권휘 사장님을 알고 있는 것
은 어떻게 생각해?"

김태춘은 김동하가 권휘를 알고 있는 것이 꺼림칙했
다.

양인석이 잠시 눈알을 굴리다가 입을 열었다.

"권휘 사장님이 왜 저놈과 계집을 잡아오라고 시켰겠
어? 아마 저놈이 권휘 사장님에게 뭔가 잘못한 것이 있
었겠지. 그래서 아예 도망갈 것을 포기한 것인지도 모르
고. 이 세상에서 누가 권휘 사장님의 신경을 건드리고 무
사할 수 있겠어? 마귀라는 별명이 붙을 정도인 사장님인
데, 반항해 보았자 개죽음 당할 것이라는 것을 저놈이 알
고 있는 거지. 그 때문에 도망갈 생각도 포기한 것이고."

"그럴까?"

김태춘이 머리를 갸웃거렸다.

잔인한 면으로 본다면 김태춘이 행동도 빠르고 결단력
도 빠른 탓에 앞선다고 할 수 있었지만 잔꾀를 부리는 부
분에서는 양인석이 더 신중하고 꼼꼼했다.

그런 양인석의 판단이었다.

그때였다.

"이쯤이면 괜찮겠군?"

백화점의 최고 아래층인 지하주차장으로 내려온 김동하가 검은색의 승합차가 서 있는 곳에서 걸음을 멈추었다.

그러자 뒤를 따라 내려오던 김태춘과 양인석이 걸음을 멈추고 주변을 두리번거렸다.

조용한 지하주차장에는 어떤 인기척도 느껴지지 않았다.

김태춘이 김동하를 보며 물었다.

"여기 잘 아는 곳이냐?"

김태춘은 김동하가 자신과 양인석을 이곳으로 데려온 이유가 이곳의 상황을 잘 알고 있기 때문이라고 생각했다.

김동하가 덤덤한 얼굴로 주변을 돌아보았다.

"글쎄 난 처음 오는 곳이야. 여기에 이런 곳이 있을 줄은 몰랐지."

김동하는 김태춘이 꺼림칙하게 생각했던 대로 덤덤하고 평범해 보였다.

김태춘이 지하주차장 3층의 모습을 훑어보았다.

몇 대의 CCTV 카메라가 천장에 매달려 있었고, 이곳까지 내려오는 도중에 자신과 양인석의 얼굴이 모두 카메라에 녹화되었을 것이 분명했다.

하지만 얼굴에 마스크를 쓰고 있었기에 노골적으로 얼굴이 카메라에 찍히는 것은 막을 수 있었다.

김태춘이 흔들리는 시선으로 김동하를 바라보았다.

김동하가 담담한 얼굴로 입을 열었다.

"자 조용한 곳을 찾는다고 했었지? 여기라면 괜찮을 것 같은데? 네놈이 말했던 것을 하기에는 너무 좋은 장소 같지 않나?"

"내가 말한 것?"

김태춘의 얼굴이 굳어졌다.

"다시 살아난 내 처제를 다시 죽이겠다고 한 것 같은데… 틀렸나?"

김동하의 말이 끝나는 순간 김태춘의 눈이 커졌다.

"엿들었나?"

김태춘은 김동하가 백화점 밖에서 택시를 기다리며 양인석과 나눈 대화를 엿들었다고 생각했다.

김동하와 한서영 그리고 한유진과는 2m 정도 거리를 두고 떨어져 있었다.

때문에 두 사람이 속삭이듯 나눈 대화는 일부러 엿듣지 않았다면 알 수 없는 일이었다.

김동하가 팔짱을 꼈다.

"글쎄 듣고 싶지 않아도 내 귀에는 들렸지. 처제를 죽

146

이고 나와 내 아내를 권휘에게 데려가려고 하는 것까지
말이야."

　김동하의 말에 언니 한서영의 손을 잡고 있던 한유진이
다시 파르르 몸을 떨었다.

　형부인 김동하가 곁에 없었다면 그 끔찍했던 기억을 다
시 재현해야 할 수도 있었기 때문이다.

　한서영이 놀란 얼굴로 김동하를 바라보았다.

　"뭐? 방금 뭐라고 했어? 저놈들이 유진이를 다시 해치
려 했다고?"

　"저와 서영씨를 데려가려면 어쩔 수 없이 유진처제를
버려야 한다고 하더군요. 뭐 어떻게 살아난 것인지 모르
지만 다시 죽이면 된다고 말했습니다. 그래서 조용한 곳
을 찾았는데 저의 눈에 이곳이 들어와 이곳으로 데려온
것입니다."

　"이 족제비 같은 새끼가 정말……."

　한서영의 눈이 시퍼렇게 타올랐다.

　사람의 생명을 파리 목숨처럼 가볍게 생각하는 김태춘
과 양인석이 인간처럼 느껴지지 않았다.

　한서영이 이를 악물었다.

　"살려주지 마. 우리 집에 쳐들어온 그 권휘라는 인간과
다른 놈들처럼 천명을 뺏기만 하고 돌려보내지 말란 말
이야. 며칠이라도 저놈들이 숨을 쉬고 살 수 있게 하지

말란 말이야. 당장에 저놈들 죽여 버렸으면 좋겠어."

김동하가 머리를 끄덕였다.

"유진처제를 다시 해칠 생각을 한 것을 듣고 저도 그렇게 할 생각이었습니다. 이자들은 오늘 밤을 여기서 넘길 수 없을 겁니다."

김동하는 김태춘과 양인석의 천명을 회수하고 난 이후에 참혹한 모습으로 이 세상을 떠나게 만들 생각이었다.

김태춘이 멍한 얼굴로 김동하를 바라보았다.

"방금 저년이 뭐라고 했지? 권휘 사장님이 네놈의 집을 찾아갔다고?"

김동하가 싸늘하게 웃었다.

처음으로 짓는 김동하의 싸늘한 표정이었다.

"권휘가 곧 너희 뒤를 따라가게 될 거야. 하지만 그전에 너희들은 이 세상에 가장 참혹한 지옥이 이곳에 있다는 것을 실감하게 될 거야. 그것을 보여주기 위해 너희들을 이곳으로 데려온 것이고."

김동하의 말에 양인석이 눈을 치켜떴다.

"우리를 일부러 이곳으로 데려왔다고?"

김동하가 피식 웃었다.

"눈치가 없는 것인지 아둔한 것인지 모르겠군. 단순하게 당신들이 귀찮아 피하려고 했다면 지금까지 수십 개의 방법이 있었어. 반대로 달아나지 않고 순순히 우리를

따라와 준 당신들이 오히려 고마울 지경이더군."

"이, 이런 망할 새끼가 감히 누구에게……."

말을 하던 양인석이 품에서 재빨리 헝겊으로 감싼 길쭉한 물건을 끄집어냈다.

헝겊을 풀어내자 은빛으로 번들거리는 회칼이 드러났다.

김태춘도 이를 악물고 품에서 양인석과 같은 형태의 칼을 끄집어냈다.

본래 김태춘이 가지고 다니던 칼은 반포의 다인캐슬 아파트에서 한유진의 가슴을 찌르고 난 후 그대로 두고 왔기에 새로 구입한 칼이었다.

두 사람의 손이 칼이 들리자 지금까지와는 사뭇 다른, 그야말로 독이 오른 살쾡이 같은 모습으로 변했다.

양인석이 번들거리는 눈으로 자신의 손에 들린 회칼의 칼날을 혀로 핥았다.

"이걸로 네 사지를 잘라낼 거다 이 새끼야."

양인석은 평소에 누군가를 협박할 때 잘 사용하는 말로 김동하를 위협했다.

하지만 자신의 위협과는 전혀 상관없이 김동하가 담담하게 자신이 얼굴을 바라보고 있는 것을 느끼며 이마를 찌푸렸다.

"너 혼자로는 끝나지 않을 거다. 저년들 모두 잘게 회

그들의 악몽(惡夢) 149

를 떠줄게.”

김동하가 나직한 목소리로 입을 열었다.

“넌 아마 조금 후 내 다리에 매달려 살려달라고 빌 거다. 틀림없이. 그렇다고 바뀔 것은 없겠지만.”

듣고 있던 김태춘이 이를 악물었다.

“방금 했던 말이 무슨 뜻인지 말해 주겠나? 우리 사장님이 어쨌다고?”

김태춘은 한서영이 말한 권휘처럼 단순하게 천명을 회수하고 돌려보냈다는 말이 머릿속에서 거슬렸다.

“어차피 그자도 오래 살지 못할 것이니 지옥에서 기다리면 만나게 될 거야. 그때는 내 말을 이해할 수 있겠지.”

김동하의 대답에 김태춘이 이를 갈았다.

“너 같은 꼬맹이가 감히 사장님을 어쨌다고? 진짜로 간덩이가 부어서 배 밖으로 튀어나온 놈이었군 그래.”

김태춘은 마귀라는 별명을 가질 정도로 강한 권휘 사장이 김동하 같은 애송이에게 봉변을 당했을 것이라곤 꿈에도 상상하지 않았다.

그가 알고 있는 권휘는 싸움으로 이 세상에서 이길 수 있는 사람이 없는 말 그대로 마귀였기 때문이었다.

그리고 그런 권휘가 싸우는 것을 직접 자신의 눈으로 보기까지 했었다.

그의 눈에 비친 권휘는 인간이 아닌 신과 같은 존재였다.

그 때문에 김동하가 헛소리를 한다고 생각했다.

김태춘의 표정을 본 김동하가 서늘한 얼굴로 웃었다.

"곧 알게 될 테니 서둘 필요는 없어."

양인석이 어금니를 깨물며 성큼 앞으로 나섰다.

"시팔 어차피 저년을 죽인 것 때문에 부산으로 몸을 피할 수밖에 없었던 상황이었는데 굳이 그것을 만회할 필요가 뭐 있겠어? 이참에 개자식 너는 아예 심장을 도려내 줄게. 저년들도 마찬가지고. 너희들을 우리 사장님께 데려가지 않을 것이란 말이다. 넌 그게 무슨 뜻인지 잘 모르겠지?"

김태춘도 김동하를 쏘아보며 나직하게 입을 열었다.

"뭘 믿고 간덩이가 그렇게 큰 건지 모르지만 넌 상대를 잘못 골랐다. 하지만 그 간덩이 하나는 큰 것 인정해 줄게."

김태춘도 양인석과 같은 마음인 듯 김동하와 한서영을 권휘에게 데려갈 생각이 없어졌다.

이 자리에서 두 사람을 죽여 그 증거만 가져다주면, 임무실패에 대한 대가로 부산으로 내려가야 하는 것은 번복할 수는 없겠지만 적어도 자신과 양인석의 충심은 권휘가 알아 줄 것이라고 생각했다.

김동하가 머리를 끄덕였다.

"살려달라고 애원하는 것보다는 나은 것 같군."

말을 마친 김동하가 앞으로 성큼 나섰다.

옆쪽은 검은색의 국산 승합차가 서 있었고 그 옆쪽은 냉장보관함이 탑재된 트럭이 주차되어 있었다.

그 때문에 두 차의 사이에 들어간 김동하와 김태춘 그리고 양인석의 모습은 정면에서 보고 있는 한서영과 한유진 외에는 CCTV의 카메라라고 해도 잘 포착하기 어려운 상황이었다.

김태춘은 김동하가 앞으로 성큼 나서자 양인석을 보며 짧게 소리쳤다.

"인석아, 위쪽 맡아. 난 다리를 끊을게."

"알았어."

두 사내는 이런 일이 능숙한 듯 자신들이 공격할 위치를 재빨리 결정했다.

쉬익―

양인석은 앞으로 다가서는 김동하의 앞으로 순식간에 튀어나왔다.

그리고 살짝 몸을 숙이며 왼손에 들고 있던 칼날을 오른쪽으로 옮겨 날렵하게 김동하의 허벅지를 노리고 옆으로 베어냈다.

한눈에 보아도 한두 번 해본 솜씨가 아닌 능숙한 칼질

이었다.

뒤이어 김태춘이 마치 김동하의 상체를 덮치듯 위쪽으로 튕겨지며 손에 들린 칼날을 앞으로 쭉 밀었다.

김동하의 처제인 한유진을 해칠 때와 같은 손놀림이었다.

"꺅!"

한유진은 형부인 김동하가 칼에 찔린다는 생각이 들었다.

그녀는 보기만 해도 오금이 저리는 저 섬뜩한 칼날이 두 사내의 품에서 나오는 순간 몸이 굳어지던 참이었다.

하지만 한서영은 그런 한유진의 손을 잡은 채 표정 하나 변하지 않고 바라보고 있었다.

저 정도의 공격은 김동하의 털끝 하나 건드리지 못한다는 것을 잘 알고 있는 한서영이었다.

수십 명의 사내들이 둘러서 총으로 공격해도 김동하의 몸에 생채기 하나 남기지 못했던 것을 생생하게 기억하고 있었다.

김동하는 처제의 비명을 듣는 순간 사내들이 더 이상 날뛰게 하고 싶은 생각이 없어졌다.

김동하의 왼발이 살짝 뒤로 물러나며 아래쪽의 허벅지를 갈라오는 양인석의 머리를 오른발로 가볍게 후려 찼다.

뻐걱.

콰직.

콰당탕—

양인석은 자신의 얼굴을 쇠망치로 후려치는 듯한 충격을 느끼며 입을 쩍 벌리며 옆으로 튕겨졌다.

양인석의 머리가 옆쪽에 주차되어 있던 냉동탑차의 옆면을 들이받고 아래로 떨어져 내렸다.

김동하의 발에 일차의 충격이 있었고 이차로 냉동탑차의 차체에 머리를 들이받아 버린 상황이었기에 양인석의 눈이 하얗게 뒤집혔다.

양인석을 후려 찬 김동하가 뒤쪽으로 살짝 물러서며 칼을 찔러오는 김태춘의 손목을 잡아 앞으로 당겼다.

자신의 옆구리 빈 공간으로 김태춘의 팔을 끌어들인 김동하가 오른손 주먹으로 김태춘의 정확한 미간을 향해 빠르게 내리쳤다.

뻐걱.

"캑."

김태춘은 자신의 양 미간에 거대한 돌덩이가 떨어지는 듯한 충격에 자신도 모르게 입을 벌렸다.

한순간에 수천 개의 별이 그의 머릿속에 떠올랐고 절로 온몸에 힘이 빠지고 있었다.

단 일격씩이었다.

김태춘은 다리에 힘이 빠지는 순간 그 자리에서 무너졌다.

　하지만 그의 오른손이 김동하의 손에 여전히 잡혀 있었기에 주저앉을 수도 없이 엉거주춤한 모습으로 서 있었다.

　김동하는 한유진의 가슴에 칼을 박아 넣은 김태춘을 이번 한 대로 용서할 생각이 전혀 없었다.

　김동하의 손이 후들거리며 주저앉으려는 김태춘의 뒷머리 가운데를 가볍게 후려쳤다.

　쩌억.

　"캐액."

　김동하의 손이 김태춘의 뒷머리에 맞는 순간 김태춘은 자신도 모르게 도살을 당하는 짐승의 마지막 단말마 같은 비명을 터트렸다.

　동시에 미간을 얻어맞은 충격으로 인해 앞이 보이지 않았던 그의 눈이 왕방울처럼 커졌다.

　인체의 뒷면 머리의 정중앙에 위치한 뇌호혈은 혼미한 상황에서 인간의 감각을 새롭게 각성시키는 중요한 혈이었다.

　김동하가 후려친 것은 김태춘의 뇌호혈이었다.

　뇌호혈을 얻어맞은 김태춘은 단번에 머릿속이 환해지는 느낌이었지만 그보다는 뒷머리에서 전해지는 지독한 통증에 비명을 질렀다.

김태춘의 뇌호혈을 자극해서 그를 각성시킨 김동하가 그대로 김태춘의 다리 쪽을 걷어찼다.

뻐걱.

콰직—

가벼운 발길질이었지만 김태춘은 자신의 다리가 관절부터 바깥방향으로 꺾인 것을 보며 입을 벌렸다.

"끄아아악!"

지하주차장이 쩌렁하게 울릴 정도의 비명소리였다.

하지만 그의 비명소리가 목에서 흘러나오는 순간 김동하가 목 아래 인영과 수돌을 손가락으로 강하게 찔렀고, 소리는 한순간에 멈추었다.

"꺽, 꺽."

비명을 지르고 싶었지만 목이 무언가 막혀 있는 것 같은 탁한 목소리밖에는 흘러나오지 않았다.

김동하가 꺽꺽대는 김태춘을 차가운 시선으로 내려다보며 입을 열었다.

"5분 정도는 숨도 제대로 쉴 수 없을 정도로 고통스러울 것이다. 차라리 혀를 깨물고 싶어도 깨물 수 없을 거야."

말을 마친 김동하가 그대로 김태춘의 손을 놓아버렸다.

순간 김태춘이 마치 휴지가 구겨지듯 그 자리에서 구겨

지며 얼굴을 지하실 바닥에 대고 두 손으로 자신의 목을 잡고 웅크렸다.

"컥, 커억."

목구멍을 막고 있는 무엇인가를 뱉어내고 싶었지만 전혀 효과가 없었다.

더구나 관절의 반대 방향으로 꺾인 다리에서 느껴지는 통증은 그가 이 세상을 살아오면서 겪어보는 최악의 고통을 안겨주었다.

김태춘의 부러져 나간 다리는 마치 짐짝처럼 기괴한 방향으로 뒤틀려 그의 몸에 매달려 있었다.

김태춘의 눈에서 눈물이 흘러나왔다.

김태춘을 내려놓은 김동하가 그의 뒤에 널브러져 있는 양인석의 얼굴을 가볍게 찼다.

뻐억.

투웅—

양인석의 머리가 김동하의 발길질에 주차되어 있던 냉동탑차의 바퀴 고무타이어에 부딪쳤다.

김동하가 나직하게 입을 열었다.

"일어나. 지옥을 보기 전에 이곳에서 잠을 자는 건 내가 허락하지 못해."

김동하의 말에 얼굴이 퉁퉁 부어버린 양인석이 눈을 떴다.

"끄응."

김동하가 눈을 뜨는 양인석의 머리칼을 한 손으로 움켜잡아서 일으켰다.

"친구가 지옥을 구경하고 있는데 동참하는 것이 친구로서의 의리라고 할 수 있겠지?"

김동하는 강제로 양인석의 머리칼을 잡고 일어섰다.

"끄어억."

양인석은 머리의 통증과 함께 머리칼을 잡고 일으키는 김동하의 완력에 머리가죽이 찢어지는 것 같은 통증을 같이 느끼며 자신도 모르게 비명을 질렀다.

양인석이 통증을 느끼는 것처럼 김동하는 양인석의 머리가죽이 통째로 찢어질 정도로 잡아 당겨 올렸다.

김동하의 단죄는 몹시도 단호했다.

한유진은 그런 김동하의 행동이 무서웠는지 한서영과는 달리 아예 머리를 돌려버리고 있었다.

사람의 다리가 부러져 나가고 머리통이 차에 튕겨지는 것은 아무리 발랄하게 행동해 왔던 한유진에게도 끔찍스러울 정도로 무서운 광경이었다.

한유진과는 달리 한서영은 전혀 눈 하나 깜박하지 않고 김동하가 두 사람에게 내리는 단죄를 지켜보았다.

양인석의 머리칼을 잡고 몸을 바로 세우게 만든 김동하가 김태춘처럼 양인석의 뒷머리 뇌호혈을 강하게 후려

158

쳤다.

쩌억.

"캐에액."

양인석은 김동하가 자신의 뒷머리를 후려치는 순간 두 눈이 튀어나갈 것 같은 충격을 느꼈다.

동시에 그 역시 김태춘처럼 정신을 차리며 각성했다.

말 그대로 정신이 번쩍 들었다.

정신이 든 양인석의 눈에 차가운 얼굴로 자신을 바라보고 있는 김동하의 얼굴이 보였다.

"이, 이거……."

양인석은 자신의 머리가죽이 통째로 뜯겨나갈 것 같은 통증에 김동하의 손에서 벗어나려고 버둥거렸다.

하지만 말이 끝나기도 전에 양인석의 입이 쩍 벌어졌다.

김동하가 김태춘을 걷어찬 것처럼 양인석의 다리도 후려 찬 것이었다.

뻐억.

우드득—

양인석의 다리도 김태춘의 다리처럼 바깥을 향해 기괴한 방향으로 꺾였다.

양인석은 자신의 다리에서 치밀어 오르는 극악한 통증에 저절로 입을 벌렸다.

비명소리도 나오지 않을 정도로 엄청난 통증이었다.

두 사내의 다리를 불구로 만들어 놓은 김동하의 표정은 참으로 냉막했다.

양인석이 쓰러질 듯 휘청거렸지만 김동하가 머리칼을 움켜쥐고 있었기에 쓰러질 수도 없는 상황이었다.

"끄그그극."

양인석의 입에서 이를 가는 듯한 소리가 흘러나왔다.

너무나 지독한 통증에 자신도 모르게 이를 악문 것이었다.

악문 잇새로 시뻘건 핏물까지 보였다.

김동하에게 머리를 걷어차이고 난 이후 뇌가 흔들려 어지러운 상황이었지만 그보다 조금 전 김동하에 의해서 부러져 나간 다리에서 느껴지는 통증이 훨씬 더 컸다.

평생을 싸움으로 살아왔던 그에게도 견딜 수 없을 정도의 극악한 아픔으로 느껴졌다.

김동하가 움켜쥐고 있던 양인석의 머리칼을 놓아버렸다.

순간 양인석이 그대로 김태춘의 옆으로 쓰러졌다.

김동하가 냉정한 시선으로 두 사람을 내려다보았다.

"고통스러운가?"

김동하가 온몸을 비틀며 고통스러워하는 두 사람을 차가운 시선으로 내려다보고 있었다.

"끄르륵."

"컥컥."

김태춘과 양인석은 자신들에게 지금 벌어지고 있는 일들이 꿈이길 바랐다.

하지만 지금 자신들이 느끼는 이 고통은 절대로 꿈이 아니라는 것을 생생하게 그들에게 전하고 있었다.

잠시 그들을 내려다보다 몸을 숙인 김동하가 손을 움직여 김태춘의 아랫목을 가볍게 찔렀다.

비명을 지르지 못하게 목 아래쪽의 인영과 수돌을 점혈해 놓았던 것을 해혈한 것이었다.

숨도 쉴 수 없을 정도로 고통스럽던 목이 풀리자 김태춘이 거칠게 숨을 몰아쉬었다.

"커억 컥……."

"끄응."

두 사내의 기묘한 신음소리가 아무도 없는 지하주차장을 울리고 있었다.

김동하가 김태춘의 얼굴을 바라보며 입을 열었다.

"아무런 힘도 없는 여자의 목숨을 뺏은 것도 모자라 또다시 같은 짓을 반복하려 한 것은 스스로 인간이기를 포기한 것이라고 해야 할 거야. 아마 이 시간 이후 두 번 다시 밝은 빛을 보긴 힘들 거야. 여기에 온 이후 처음으로 당신들의 천명을 한 푼도 남김없이 전부 회수한다."

김동하의 목소리는 참으로 차갑고 냉정했다.

그때였다.

"빠드드득."

해혈이 되자 몸을 일으키려고 버둥대던 김태춘의 입에서 이를 가는 소리가 흘러나왔다.

김태춘의 눈이 광인의 눈처럼 시뻘겋게 충혈되어 있었고 얼굴표정은 아귀처럼 일그러져 있었다.

"빠드득. 이 새끼… 내가 누군지 모르지? 지금 이 자리에서 날 죽이지 않으면 꼭 네놈과 저 계집년들을 모조리 찔러 죽여 줄게. 아예 팔다리를 모두 잘라서 개먹이로 줄 거다. 그러니까 지금 꼭 날 죽여라. 이 자식아. 끄으윽."

김태춘은 자신이 김동하에게 당한 것은 단순하게 방심을 해서라고 생각했다.

그도 그럴 것이 부산에서 조직생활을 하다 권휘를 만나기 전까지 김태춘은 나름 상당한 악명(?)을 떨치던 독종으로 소문이 나 있었다.

그가 몸을 담고 있던 조직에서도 김태춘의 악종기질은 조직의 보스들조차 머리를 절레절레 흔들 정도로 유명했다.

해운대를 무대로 활동하던 영태파와의 충돌에서 그가 보여준 패기는 권휘도 그를 다시 보게 만들 정도로 지독한 악종이었다.

김동하는 김태춘이 다시 독기를 피워 올리자 이마를 찌푸리며 김태춘을 내려다보았다.

김태춘의 핏발선 두 눈이 김동하의 얼굴을 뚫어지게 노려보고 있었다.

김동하가 나직하게 물었다.

"살면서 무섭다고 생각한 것이 있었나?"

"빠득. 시발, 개소리 말고 지금 당장 날 죽여라 이 자식아. 무서운 거? 크크큭. 그래 내가 무서운 게 뭔지 꼭 보여줄게. 이 자리에서 날 죽이지 못하면 곧 그걸 보게 될 거야."

김태춘은 절대로 김동하가 자신을 죽일 수 없다고 확신하고 있었다.

자신이 지금까지 살아오면서 경험한 바로는 김동하처럼 저렇게 순하고 선량해 보이는 얼굴을 가진 사람은 절대로 사람의 목숨을 해치지 못한다는 것을 알고 있었다.

더구나 김동하의 뒤에 서 있는 한서영과 한유진처럼 아름다운 여자들과 함께 있는 경우는 더더욱 그렇다.

사람을 해치는 장면을 절대로 여자들에게 보여주지 못하기 때문이었다.

그때 양인석도 어금니를 깨물며 김동하를 노려보았다.

"우리가 이곳에서 나가면 꼭 다시 만나게 될 거다. 시발놈아, 넌 사람 잘못 건드린 거야 개자식아. 태춘이 말처럼 이 자리에서 우리 둘을 죽여야 할 거다. 지금 우릴 못 죽이면 지옥 끝까지 찾아가서 저년들과 네 모가지를 따버릴 거니까 잠을 잘 때도 눈을 뜨고 자야 할 거다 크크큭."

두 사내는 김동하로서도 의외라고 할 정도로 독종의 기질을 가지고 있었다.

그리고 양인석 역시 김태춘처럼 김동하가 이런 곳에서 살인을 할 정도로 대담한 사람은 아니라고 생각했다.

자신이나 김태춘이라면 망설임 없이 사람을 해칠 수 있지만 김동하는 전혀 그런 느낌이 들지 않았다.

더구나 이곳에서 살인사건이 발생한다면 자신들과는 달리 김동하는 뒷감당을 할 수도 없을 것이기에 더더욱 김동하가 자신들을 해치지 못한다고 확신했다.

양인석의 말에 김동하가 머리를 끄덕였다.

"그렇군. 그걸 원한다면 어쩔 수 없지."

김동하는 더 이상 두 사내를 상대하고 싶지 않았다.

그들과 대화를 나누는 것도 자신의 귀를 더럽게 만드는 느낌이 들었다.

김동하가 자신을 노려보고 있는 양인석의 머리에 가볍게 손을 얹었다.

양인석은 김동하가 자신의 머리에 손을 얹자 싸늘한 얼굴로 김동하의 얼굴을 노려보았다.

여인의 섬섬옥수 같은 매끈한 김동하의 손이 자신의 머리 위에 놓이자 양인석이 코웃음을 쳤다.

무기를 사용하지 않고 맨손으로 사람의 생명을 뺏는 것은 의외로 무척 어려운 일이라는 것을 양인석은 너무나 잘 알고 있었다.

"크큭, 무슨 수작을 부리려는 것인지 모르지만 오늘 우리를 못 죽이면…….."

양인석은 김동하를 상대로 이죽거리다 얼굴이 굳어졌다.

"어어어."

양인석의 얼굴이 딱딱하게 변해가고 있었다.

후우우우우우우웅.

양인석의 정수리와 맞닿은 김동하의 손에서 시퍼런 빛이 흘러나왔다.

한순간 양인석은 무언가 자신이 몸에서 빠져나가는 것 같은 느낌에 눈을 치켜떴다.

그것을 지켜보던 김태춘도 놀란 얼굴로 김동하를 바라보았다.

스스스스스스스.

한순간 양인석의 머리칼이 하얗게 변해가기 시작했고 이어서 그의 얼굴이 순식간에 변해갔다.

30대 중반의 팽팽하던 양인석의 얼굴이 한순간에 노인

의 모습으로 변했고, 독기를 머금고 있던 그의 두 눈이
흐릿해지며 하얀 막과 같은 것으로 덮였다.

그것으로 끝나는 것이 아니었다.

우드드득.

30대의 건장한 체격이었던 양인석의 몸이 작게 오그라
들고 있었다.

뒤에서 지켜보고 있던 한서영과 한유진이 놀란 얼굴로
김동하를 바라보았다.

파스스스스스.

한순간에 김동하는 양인석의 몸에서 남은 천명을 한 톨
도 남김없이 모두 회수해 버렸다.

인간의 천명은 태어나면서 하늘로부터 부여받은 생기
였다.

그 생기를 모두 회수해 버리자 놀라운 일이 벌어졌다.

온몸의 생기가 모두 김동하의 손으로 회수되자 양인석
의 몸이 먼지처럼 흩어지기 시작한 것이었다.

마치 모래알처럼 머리서부터 부서져 내리던 양인석의
몸은 얼마 지나지 않아 그가 입고 있던 옷만 남기고 모조
리 가루가 되어 흩어져 버렸다.

양인석이 엎드려 있던 자리에는 한 줌도 되지 않을 것
같은 먼지와 같은 흔적이 그가 입고 있던 옷과 함께 떨어
져 있었다.

그 모습을 지켜보고 있던 김태춘의 입이 쩍 벌어졌다.

양인석의 모든 천명을 회수한 김동하가 김태춘을 바라보았다.

"안 됐지만 당신이 원하던 상황은 벌어지지 않을 것 같군."

"어, 어떻게……."

김태춘의 얼굴이 하얗게 질려 있었다.

좀 전까지 자신의 옆에 있었던 친구 양인석이 말 그대로 한줌의 먼지가 되어 흩어지는 것을 자신의 눈으로 보았다.

비명조차 남기지 않고 그대로 흩어지는 친구의 모습에 김태춘은 온몸이 떨려왔다.

김동하가 김태춘의 얼굴을 차가운 시선으로 바라보았다.

"이곳에서 꽤 많은 사람들을 만났지만 그중에서도 당신들은 최악이었어. 적어도 남은 생을 정리할 정도는 천명을 남겨주었지만 당신들에게는 그럴 필요가 없을 것 같군."

말을 마친 김동하가 김태춘의 머리에 손을 얹었다.

순간 김태춘의 몸이 덜덜 떨리기 시작했다.

"사, 살려 주십시오 제발."

좀전까지 패악을 부리던 김태춘이 한순간에 절망하며

몸을 떨었다.

김동하가 나직하게 입을 열었다.

"조금 전까지 당신의 입으로 죽여 달라고 했던 것 아닌가?"

"그, 그게……."

김태춘은 눈앞에서 자신을 바라보고 있는 김동하가 너무나 무서웠다.

35년이라는 인생을 살아오면서 지금보다 무서운 상황은 처음으로 맞이하는 김태춘이었다.

수십 명의 패거리와 싸움도 해보았고 권휘의 휘하에 들어가 처음으로 세상을 사는 것이 재미있다고 생각했던 적도 있었다.

하지만 그 모든 것이 한순간에 신기루처럼 스러져 가는 느낌이었다.

덜덜덜.

김태춘의 몸이 사시나무 떨리듯 떨리고 있었다.

그런 김태춘의 머리 위로 김동하가 손을 얹었다.

"끄그극."

김태춘이 몸을 피하려 버둥거렸지만 어떻게 된 일인지 마치 말 잘 듣는 아이처럼 자신도 모르게 김동하의 손에 자신이 머리를 대는 느낌이었다.

김태춘의 머리에 손을 얹은 김동하가 입을 열었다.

"사람의 생명을 뺏는 것에 단 한 번의 망설임도 없는 당신의 그 사악함이 지금의 상황을 불러들인 거야. 부디 새로 태어난다면 선한 인간으로 태어나길 바란다."

말을 마친 김동하가 천천히 김태춘의 몸에서 천명을 회수하기 시작했다.

또르르르.

이를 악물고 눈을 치켜뜬 김태춘의 눈꼬리에서 맑은 눈물이 한 방울 뺨을 타고 흘러내렸다.

후우우우우우우우웅.

스스스스스스스슷—

김태춘의 몸도 좀 전에 먼지가 되어 흩어진 양인석처럼 먼지가 되어 바닥으로 흩어져 내렸다.

머리부터 가루가 되어 바닥으로 떨어지는 김태춘은 지금까지 그가 저질러 왔던 수많은 악행의 파편처럼 주차장 바닥에서 먼지가 되어 흩어지고 있었다.

양인석과 김태춘이 남긴 것은 그들이 입고 있었던 옷밖에는 없었다.

김동하가 두 사람이 세상에 마지막으로 남겨놓은 옷을 물끄러미 바라보았다.

자신의 손으로 두 사람의 생명을 뺏었기에 다른 사람의 천명을 회수할 때와는 약간 다른 느낌이었다.

한서영이 한유진의 손을 잡고 김동하에게 다가왔다.

"조, 조금 전의 그건 뭐야? 이런 적 없었잖아?"

한서영은 김동하가 천명을 회수하는 것을 많이 보았지만 이렇게 사람을 먼지로 만들어 흩어지게 만드는 것은 처음이었다.

김동하가 입을 열었다.

"남은 천명을 하나도 남김없이 모두 회수하면 사람의 몸에서 생기가 전부 사라집니다. 그렇게 되면 이렇게 먼지가 되어 흩어지게 됩니다."

"세상에……."

동생 한유진을 해친 사람들이었기에 절대로 용서할 생각이 없었지만 이렇게 먼지가 되어 흩어지는 모습을 보자 한서영은 가슴이 서늘해지는 느낌이었다.

죄업에 대한 단죄라고 하지만 이런 식의 단죄는 너무나 무섭다는 느낌이 들었다.

김동하가 입을 열었다.

"이 사람들은 유진처제만 해친 것이 아니라 그 전에도 사람을 해친 적이 있었습니다. 그리고 또다시 유진처제를 해치려고 한 것이기에 이들의 천명을 하나도 남김없이 회수한 것은 그렇게 잘못되었다고 할 수 없을 겁니다."

한서영도 그것을 알고 있었지만 눈앞에서 두 사내가 먼지가 되어 흩어지는 것을 보자 마음이 무거웠다.

한유진이 눈을 깜박이며 김태춘과 양인석의 옷가지를
바라보았다.

"저것 저렇게 놔두어도 괜찮아?"

김동하가 대답했다.

"그냥 버린 것으로 볼 겁니다. 그자들의 흔적이 옷에
남겨져 있겠지만 그렇다고 그것으로 그들을 찾을 수는
없겠지요."

"……."

이곳을 청소하는 사람들이 김태춘과 양인석의 남겨진
옷을 발견한다면 그들이 이곳에 옷을 버린 것으로 생각
할 것이었다.

김태춘의 옷이 떨어져 있는 곳에 아까 백화점에서 산
명품가방의 쇼핑백이 덩그러니 놓여 있었다.

김태춘이 이 세상에서 마지막으로 누군가에게 선물을
하기 위해 산 가방이었지만 그것을 전해줄 수가 없었다.

한서영이 이맛살을 찌푸리며 입을 열었다.

"여기서 나가. 왠지 이곳이 무서워졌어."

한서영은 자신의 눈앞에서 두 사람이 먼지가 되어 흩어
지는 것을 목격하자 더 이상 이곳에 머물고 싶은 생각이
없어졌다.

이내 한서영이 한유진의 손을 잡아끌며 몸을 돌렸다.

김동하가 힐끗 남겨진 김태춘과 양인석의 옷가지를 보

다가 한서영의 뒤를 따라 걸음을 옮겼다.

한서영이 한유진의 손을 잡고 지하 엘리베이터가 있는 방향으로 걸음을 옮겼다.

내려올 때는 지하차도를 이용해서 내려왔지만 올라갈 때는 이곳에서 엘리베이터를 이용해서 올라갈 생각이었다.

한시라도 빨리 이곳에서 나가 신선한 바깥 공기를 마시고 싶은 욕심 때문이었다.

이내 한서영과 한유진 그리고 김동하가 엘리베이터를 타고 위층으로 올라갔다.

그들이 떠난 자리에는 마치 쓰레기처럼 덩그러니 버려진 옷가지들이 두 대의 차량 사이에 떨어져 있었다.

독충(毒蟲)

"재미있군. 새삼스럽게 이 한국이라는 나라가 마음에
들어."

세영대학병원의 정문 출입구가 마주보이는 편의점 앞
에 놓인 파라솔 아래 흰색의 양복을 입은 사내가 의자에
앉아 있었다.

사내는 입가에 묘한 미소를 머금고 병원 쪽을 바라보고
있었다.

얼굴에는 눈이 보이지 않을 정도의 검은 선글라스를 끼
고, 의자에 앉아 다리를 포개고 있는 모습은 마치 부유한
부잣집 아들이 한가로운 망중한을 즐기는 모습처럼 보

였다.

둥근 테이블 위에는 햇빛을 가리기 위한 파라솔이 쳐져 있었고 파라솔 아래에는 깔끔한 복장의 남녀 4명이 둘러 앉아 있었다.

20대 후반으로 보이는 두 명의 남자와 두 명의 여자였다.

흰색의 양복을 입은 사내외에 다른 남녀는 간편해 보이는 복장을 걸치고 있었다.

눈여겨보지 않는다면 일반적으로 한국의 젊은 청년들이나 아가씨들의 모습과 다름이 없는 평범한 모습이었다.

다만 어울리지 않는 것은 유독 눈에 튀는 흰색양복의 사내라고 할 수가 있었다.

흰색의 양복은 패션감각이 주변국보다 앞섰다고 알려진 한국에서도 연예인조차 입기를 거북해 하는 패션이었기에 더더욱 눈에 띄는 모습이었다.

그것을 증명하듯 주변을 지나는 사람들이 힐끗거리며 편의점 앞의 파라솔 아래 앉아 있는 흰색양복의 사내를 훑어보고 지나갔다.

하지만 흰색 양복의 사내는 그런 사람들의 시선을 전혀 의식하지 않았다.

흰색양복의 사내의 시선은 세영대학 병원의 정문에서

떨어지지 않고 있었다.

그가 앉아 있는 테이블의 앞쪽에는 반쯤 마시던 커피 잔이 있었고 잔 옆에는 한 장의 사진이 놓여 있었다.

바람에 사진이 날려가지 않게 커피 잔으로 살짝 한쪽을 눌러 놓고 있었기에 사진의 얼굴이 잘 보이지 않았다.

흰색 양복의 사내와 대각선 방향으로 말총머리를 한 젊은 여인이 아무 말 없이 병원의 정문 쪽으로 시선을 던졌다.

흰색 양복의 사내가 웃으면서 입을 열었다.

"이 한국 땅에 이런 미인이 있을 줄은 몰랐어. 설마 소하보다 예쁜 여자가 이곳에 살고 있다니 믿어지지 않아 하하."

흰색 양복 사내의 말에 말총머리 여자가 머리를 돌려 선글라스를 낀 흰색 양복사내를 바라보았다.

"단 오라버니는 언젠가 그 입 때문에 꼭 큰 화를 입을 거예요."

말총머리 여자의 눈꼬리가 파르르 떨렸다.

흰색 양복의 사내가 하얀 이를 드러내며 웃었다.

"하하 걱정하지 마, 그래도 내 본처는 소하가 될 거니까. 이 여자는 그냥 내 몸종이라고 생각하라고."

흰색 양복차림의 사내가 커피 잔에 눌려 있던 사진을 검지와 중지 사이에 끼고 살짝 흔들었다.

그가 들고 있는 한 장의 사진은 정면을 바라보고 있는 한 명의 여인의 얼굴이었다.

하얀색의 의사가운을 입고 있는 여자는 바로 세영대학 병원의 인턴 한서영이었다.

그는 벌써 그 사진을 몇 번이나 들여다보았기에 이제는 한서영의 얼굴을 보지 않아도 그릴 수 있을 정도로 완벽하게 기억하고 있었다.

"흥."

말총머리 여자가 낮게 코웃음을 치며 머리를 돌렸다.

말총머리 여자는 청지림의 림주 염백천의 손녀 염소하였다.

염소하는 세영대학병원의 총무국 직원 한 명에게 500만원이라는 거금을 뇌물로 건네고 어렵게 한서영의 얼굴사진을 빼낼 수가 있었다.

그리고 그 사진이 지금 흰색 사내의 손에 넘어간 것이다.

흰색 양복의 사내는 사해련의 련주 창여걸과 함께 한국으로 입국한 인보방의 소공자 단목승이었다.

단목승은 사해련의 련주 창여걸로부터 한국인 남자 김동하와 김동하와 함께 살고 있는 한서영을 련주에게 데려가는 임무를 부여받았다.

사해방의 련주 창여걸의 특명으로 인해서 김동하와 한

서영을 데려가는 일은 단목승이 주도하기로 결정되었기에 염소하도 어쩔 수 없이 그를 도와야 하는 입장이었다.

그의 시선이 닿는 것도 징그러운 염소하였지만 청지림의 한국진출을 확정하기 위해서는 단목승과의 협조는 반드시 필요했다.

단목승과 염소하 외에 남은 두 사람은 거여방의 소방주 황명과 그의 누이 황선이었다.

단목승은 이렇게 거리에 앉아서 지나다니는 한국여자들을 구경하는 것이 즐거웠다.

인구가 13억이 넘어가는 중국대륙보다 어떻게 좁은 한국땅에 이 세상의 미녀들이 다 모여 있다는 생각이 들 정도로 한국의 젊은 여인들은 아름다웠다.

만약 인보방이 한국에 정식으로 진출한다면 이 한국의 모든 여인들을 잡아들여 자신의 노예로 만들고 싶은 욕심이 들 정도였다.

평소에도 여색을 밝히는 단목승이었기에 늘씬한 키에 아름다운 미모를 가진 한국여인들은 그를 견딜 수 없을 정도로 흥분시켰다.

그때 맞은편에 앉아서 병원 쪽을 바라보던 사내가 머리를 돌렸다.

거여방의 소공자 황명이었다.

"근데 단형님은 그 아파트에서 왜 살인사건이 일어난

것인지 짐작이 가십니까?"

오전에 반포의 다인캐슬이라는 아파트에 들렀다가 그 곳에 살인사건이 발생해서 외부인들이 출입할 수 없다는 공고문을 보고 이곳으로 온 것이었다.

단목승이 피식 웃었다.

"여기 한국도 사람이 사는 곳인데 살인사건이야 언제든 일어날 수 있는 일 아닌가?"

단목승의 말에 황명이 머리를 갸웃했다.

"그래도 그렇지, 하필이면 우리가 방문하려던 곳에 살인이라니."

황명이 눈을 깜박이다가 머리를 돌려 염소하를 바라보았다.

"염누이는 그 김동하라는 자와 한서영이라는 여자가 이곳으로 올 것으로 확신합니까?"

염소하가 대답했다.

"그들이 한국으로 돌아왔다면 반드시 이곳으로 올 거예요. 그리고 아까 사진을 빼낸 직원으로부터 한서영이 병원에 도착한 것이 확인되면 바로 저에게 연락 해 주기로 했으니 좀 더 기다려 봐요."

"흠."

황명의 눈이 반짝였다.

그때였다.

"와, 저 여자들 정말 예쁘네?"

황명의 옆에 앉아 있던 황명의 여동생 황선이 탄성을 터트렸다.

황선의 말에 모두의 시선이 병원 쪽으로 향했다.

하얀색의 원피스를 걸친 여인과 청바지에 하얀색의 와이셔츠를 걸친 긴 머리의 여인이 그들의 눈에 들어왔다.

여인의 뒤쪽에는 건장해 보이는 한 명의 사내가 병원 쪽으로 걸음을 옮기고 있었다.

세 명의 남녀가 막 병원의 입구로 들어섰다.

검은 선글라스를 낀 단목승이 자신도 모르게 검은색의 선글라스를 벗고 눈을 껌벅이며 병원입구를 바라보았다.

막 세 명의 남녀가 병원의 정문을 통과해 병원 안으로 들어갔다.

거리가 떨어져 있었지만 단목승은 흰색의 원피스를 입은 여인의 모습을 보며 침을 삼켰다.

원피스의 여인 옆에 서 있는 긴 머리에 청바지를 걸친 여인도 원피스를 걸친 여인만큼 아름다운 모습이었다.

다만 긴 머리칼이 바람결에 살짝 날리며 얼굴을 가리고 있었기에 정확하게 얼굴을 알아보지는 못했다.

단목승이 얇은 입술을 혀로 핥으며 중얼거렸다.

"정말 여길 떠나고 싶지 않군 그래."

막 병원으로 들어서고 있는 사람은 한서영과 한유진 그리고 김동하였다.

한서영은 김동하와의 결혼을 결정하면서 세영대학병원에 정식으로 인턴직을 사직하기 위해 방문하는 중이었다.

전화로 인턴직을 사직한다는 내용을 통보해도 되겠지만 한서영의 성격상 전화로 말하는 것보다는 이렇게 직접 찾아와 사직서를 제출하는 것이 좋을 것이라고 판단했다.

김동하는 한서영이 자신과의 결혼 때문에 병원을 그만두려고 한다는 것을 알고 한서영을 말리고 싶었다.

그러나 한서영의 결심이 워낙 완고해서 결국 그녀의 의사를 따를 수밖에 없었다.

한편 염소하는 직접 한서영과 김동하를 면전에서 만난 적이 없었기에 눈앞에 한서영과 김동하가 지나가고 있었지만 알아보지 못했다.

사진으로 한서영의 얼굴을 외우고 있다고 하지만 사진상의 의사가운과는 달리 복장이 다르고 한서영의 키가 170cm가 넘는 헌칠한 키였기에 그녀로서는 저렇게 늘씬한 키의 여인이 한서영일 것이라곤 짐작하지 못했다.

이내 세 사람이 세영대학병원의 안쪽으로 들어가 버렸다.

단목승이 다시 검은색의 선글라스를 끼며 히죽거렸다.

"그 한서영이라는 여자의사와 김동하라는 사내를 만나기 전에 저 여자를 먼저 만나봐야 할 것 같군 그래."

단목승은 좀 전에 병원으로 들어간 하얀 원피스를 입은 늘씬한 여자의 모습이 자꾸만 눈에 밟혔다.

중국에서도 자신이 최고라고 생각하고 있던 키가 크고 하얀 피부 그리고 긴 팔다리를 가진 여인이었다.

더구나 멀리 떨어져 있긴 하지만 한눈에 보아도 여인의 미모가 보통이 아니라는 것을 느낀 단목승은 반드시 자신이 건드려 보고 싶었다.

단목승이 히죽 웃으며 품에서 전화기를 꺼내었다.

익숙하게 전화기의 버튼을 누른 단목승이 전화기를 귀로 가져갔다.

누군가 전화를 받았다.

단목승은 그가 누군지 너무나 잘 알고 있었기에 빠르게 입을 열었다.

"나야. 이쪽으로 내 차를 가져와."

명령하듯 지시를 내린 단목승이 전화를 끊고 다시 품속으로 넣었다.

단목승의 말에 염소하가 머리를 돌려 단목승을 바라보았다.

"차는 왜요?"

염소하는 걷는 것을 무척 싫어하는 단목승이 한국에 당분간 머물러야 한다는 이유로 차를 구입했다는 것을 알고 있었다.

중국에서도 인보방 내부에만 단목승의 전용차가 20대가 넘는다는 것을 알고 있는 염소하였다.

과시하기를 좋아하고 자신을 드러내는 것을 좋아하는 단목승이 엄청난 고가의 수입외제차를 마치 수집하듯 사들인 것이다.

그런 그가 한국이라고 다를 것은 없었다.

벌써 중고차 딜러를 통해 한국에서도 구하기 힘든 람보르기니를 현금일시불로 즉시에 구입했다.

한국 지리도 잘 모르는 그로서는 개 발에 편자를 단 격이라고 할 수 있었지만, 그의 과시욕을 잘 알고있는 인보방주와 그의 식솔들은 그런 단목승의 행동을 지켜볼 수밖에 없었다.

염소하의 질문에 단목승이 싱긋 웃었다.

"그 한서영이라는 한국의사 계집과 사내놈은 언제든 잡을 수 있으니 걱정할 필요 없어. 그전에 좀 관심이 가는 것이 생겼거든. 하하."

단목승의 입가에 끈적해 보이는 미소가 걸렸다.

그 미소를 본 염소하가 아무 말 없이 머리를 돌렸다.

이미 단목승이 무슨 생각을 하고 있는지 이미 감을 잡

184

앉기 때문이었다.

 잠시 후.

 부우우우우웅──

 거칠게 느껴지는 엔진음과 함께 노란색의 람보르기니
우라칸이 병원의 반대편에서 모습을 드러냈다.

 차는 병원 근처의 주차장에 주차되어 있던 중이었다.

 사실 병원 앞에 이런 차가 세워져 있다면 지나다니는
사람들의 시선을 끌 것은 당연했기에 아예 주차장에 주
차를 시켜놓고 이곳에서 병원을 살펴보고 있던 중이었
다.

 차는 정확하게 병원 앞 편의점에 멈추어 섰다.

 차에서 검은색의 양복을 걸친 사내가 내려서서 단목승
을 향해 가볍게 인사를 했다.

 "여기 있습니다 도련님."

 차에서 내린 사내가 단목승에게 차의 키를 넘겨주며 정
중하게 다시 인사를 했다.

 단목승이 머리를 끄덕였다.

 "돌아가서 다시 대기해."

 "예."

 사내가 인사를 하고 급하게 몸을 돌려 차를 뺐냈던 주
차장으로 다시 돌아갔다.

 갑자기 나타난 화려한 람보르기니의 모습에 편의점 앞

을 지나던 사람들이 놀란 표정으로 차를 바라보며 지나
갔다.

차로 인해서 갑작스럽게 사람들의 시선을 끌게 되자 염
소하가 이마를 찌푸렸다.

"꼭 여기로 이렇게 차를 가져와야 해요?"

단목승이 웃었다.

"소하가 신경 쓸 일은 아니야. 순전히 내 개인적인 일
이지."

"그 개인적인 일이라는 걸 듣고 싶네요."

"하하 질투하는 건가? 걱정 마, 소하가 탈 차는 인보방
의 주차장에 잘 주차되어 있으니 말이야. 그 차는 소하
외에는 누구도 태울 생각이 없으니 어쩌면 소하가 주인
이라고 할 수도 있겠군. 들어보긴 했을 테지? 부가티 시
론이라는 차인데 말이야, 하하하."

단목승의 말에 염소하가 입술을 잘근 깨물었다.

단목승이 자신을 희롱하기 위해 하는 말이라는 것은 알
고 있었지만 이런 식으로 농락하는 것은 언제나 모멸스
러웠다.

마치 자신이 단목승의 내연녀라도 된 듯한 느낌이 들었
다.

이내 시선을 돌린 염소하의 눈이 다시 병원의 정문 쪽
으로 향했다.

단목승의 행동을 막을 수도 없었고 그의 징그러운 여성 편력을 견제하고 싶지도 않았다.

아예 그에게 관심을 두지 않는 것이 그녀에게는 더 편한 느낌이 들었기 때문이었다.

"엇? 언제 돌아온 거야?"

세영대학병원의 레지던트 4년차 최태영이 놀란 얼굴로 의국 안으로 들어서는 여인을 바라보았다.

병원 2층의 의국의 문을 빼꼼 열면서 안을 들여다보는 여인의 얼굴을 확인한 순간 최태영의 표정이 굳어졌다.

한서영이 의국의 안을 살피다가 최태영이 혼자 논문서적을 읽고 있는 것을 확인하고 이내 안쪽으로 들어섰다.

화요일에 있을 컨프런스에 발표할 내용을 검토하고 있을 것이 분명했다.

의국으로 들어선 한서영이 방 안의 풍경을 살짝 훑어보았다.

자신이 병원을 떠나던 때와 하나도 달라진 것이 없는 모습이었다.

한쪽에 놓인 침대 위에는 예전과 하나도 달라진 것이 없이 때 묻은 담요가 한쪽으로 걷혀 있었다.

냄새나고 지저분해 보이는 담요였지만 인턴이나 1, 2년차 레지던트에겐 이 세상에서 그 어떤 이부자리보다

따뜻하고 포근한 잠자리를 제공해 주는 담요일 것이다.

최태영은 상기된 표정으로 의국으로 들어서는 한서영을 보며 자리에서 일어섰다.

한동안 병원을 떠나 있었던 한서영이 병원에 모습을 드러내자 무척 놀라는 얼굴이었다.

한서영이 살짝 웃으며 입을 열었다.

"그동안 잘 있었어요? 선배."

한서영의 입가에 미소가 떠오르자 최태영은 자신도 모르게 눈을 껌벅이며 한서영의 얼굴을 바라보았다.

한때는 한서영과의 달콤한 미래를 꿈꾸었지만 한서영에게 약혼자가 있다는 것을 알고는 마음을 접었던 최태영이었다.

"이제 병원으로 돌아온 거야?"

한서영이 살짝 웃으면서 입을 열었다.

"김교수님께 드릴 말씀이 있어서 온 거예요. 의국은 지나다 궁금해서 들여다본 것이고요."

"김교수님? 김철민 교수님을 말하는 건가?"

"네."

한서영이 머리를 끄덕였다.

오늘은 김철민 교수의 외래진료 일정이 아니기에 수술을 해야 할 상황이 아니라면 지금쯤 교수실에 있을 것이었다.

최태영이 부드러운 표정으로 한서영을 보며 물었다.

"이제 병원으로 복귀하는 건가?"

최태영은 한서영이 이제 병원으로 복귀하는 것을 보고하기 위해 김철민 교수를 만나러 온 것이라고 생각했다.

한서영이 살짝 머리를 흔들었다.

"글쎄요."

한서영이 모호한 표정을 지으며 머리를 흔들었다.

최태영이 눈을 껌벅거리며 한서영을 바라보았다.

"글쎄라니? 병원으로 돌아오지 않을 생각이야?"

한서영이 하얀 이를 드러내며 웃었다.

"어쩌면 그렇게 될 것 같네요."

"뭐?"

최태영은 한서영이 병원으로 돌아오지 않을 것이라고 말하자 무척 놀라는 표정이었다.

한서영이 최태영을 부드러운 표정으로 바라보며 입을 열었다.

"개인적인 일 때문에 어쩔 수 없이 병원을 그만 두어야 할 것 같네요."

"뭐야? 의사를 그만두겠단 말이야?"

최태영은 한서영이 병원을 그만둔다는 말에 무척 놀랐다.

한서영이 전문의 자격을 따기 위해서 어떻게 노력해 왔

는지 누구보다 잘 알고 있는 최태영이었다.

최태영이 굳은 얼굴로 다시 물었다.

"병원을 그만두는 이유가 뭐야? 전문의 자격은 포기하고 그냥 개업의를 할 생각이야? 아면 어디서 페이닥터 자리 제의가 들어온 거야?"

전문의 자격을 따지 못해도 지금의 한서영이라면 스스로 병원을 개업하는 개업의나 아니면 일반병원에 월급제 의사로 고용될 수도 있었다.

한서영이 머리를 살짝 흔들었다.

"개인적인 일이에요."

"개인적인 일? 그게 뭔데 의사까지 그만두려는 거지? 지금까지 노력해 온 게 아깝지도 않아?"

최태영은 한서영이라면 4년 후 전문의 자격을 따내고, 전문의로서 펠로우 2년을 더 지내면 세영대학병원의 교수자리까지 오를 수 있는 여자라고 생각했다.

어쩌면 학문적인 두뇌는 자신보다 한서영이 더 나을 것이라고 생각했던 최태영이었다.

그런 한서영이 의사직을 버린다는 것이 너무나 놀랍고 충격적이었다.

한서영이 부드럽게 웃으며 최태영을 보며 입을 열었다.

"그냥 병원에 온 김에 의국에 잠깐 들러봤는데 선배 얼

굴 봤으니 됐어요. 저 갈게요."

한서영이 몸을 돌려 의국을 나서려 했다.

김철민 교수를 만나 병원을 그만두겠다고 통보를 하기 위해 들렀던 병원이다.

한서영으로서는 김동하와의 결혼을 결심하면서 전문의 과정을 포기했지만 그렇다고 아예 의사로서의 길을 포기한 것은 아니었다.

김동하가 대학을 졸업하고 한의사의 자격을 딴 이후에 자신의 길을 다시 찾아도 된다고 생각한 것이다.

또한 김동하와 결혼을 결심하면서 최태영에게 까칠했던 자신의 성격도 많이 누그러졌다는 것을 느꼈다.

예전이라면 최태영과 대화조차 나누기를 거북해 했을 것이나 지금 최태영과의 대화는 그녀가 많이 바뀌었다는 것을 증명하고 있었다.

최태영이 의외라는 시선으로 한서영을 보며 입을 열었다.

"그럼 인턴 포기하고 뭐 할 거야? 다른 계획이라도 있는 건가? 아까 말한 대로 개업을 하거나 페이닥터로 가기로 했어?"

최태영의 물음에 한서영이 잠시 망설이다가 감출 것이 없다고 생각한 듯 입을 열었다.

"저 곧 결혼할 거예요."

"뭐?"

최태영이 놀란 얼굴로 다시 한서영을 바라보았다.

"결혼 때문에 인턴을 포기한다는 말이야?"

"그렇게 되었어요."

"허 갑자기 결혼이라니… 놀랍군."

최태영이 눈을 깜박이다 갑자기 생각났다는 듯이 물었다.

"그럼 그때 주차장에서 만났던 그 배우를 한다는 약혼자와 결혼을 하는 건가?"

최태영이 김동하를 처음 만났던 것은 세영대학병원의 주차장에서였다.

어려 보이지만 잘생긴 사내였고 순박한 말투가 이상할 정도로 사내의 모습과 잘 어울리던 것이 머리에 떠올랐다.

더구나 한서영과 함께 있을 때 너무나 한서영과 잘 어울리던 모습에 살짝 질투심까지 느껴지기도 했었기에 절대로 김동하를 잊을 수가 없었다.

한서영이 살짝 웃었다.

"네."

"그래?"

최태영이 입맛을 다시면서 다시 한번 한서영을 바라보았다.

한서영을 마음에 두고 있다고 했던 동신그룹의 기획실장이라는 남자와 결혼을 하는 것이 아닌가? 하는 마음이 그의 머리를 스쳐갔다.

동신그룹이라면 대한민국의 재계서열 10위권에 들어가는 대기업이었다.

그런 대기업의 실세와 결혼을 한다면 의사로서의 인생을 포기해도 그다지 손해 볼 것이 없을 것이라 생각했다.

그런데 그의 생각과는 달리 한서영은 가난하게 보이던 그 무명배우(?)와 결국 결혼을 한다는 것에 살짝 놀라고 있었다.

"결국 그 배우라는 약혼자랑 결혼을 할 줄은 몰랐는데… 서영이 너라면 더 좋은 남자를 얼마든지 만날 수도 있었을 텐데 결국 그렇게 결정한 것이로군. 예전에 내가 말했던 그 동신그룹의 기획조정실장이라는 사람도 서영이 너를 마음에 두고 있던 것 같았는데 말이야. 무명배우랑 결혼을 하게 된다면 힘들 거야. 세상은 단순하게 사랑만으로 살아가기에는 너무 거친 곳이니까 말이지. 가난이라는 것은 날이 갈수록 너를 지치게 만들 거야. 선배로서 충고해 주는 말이야."

최태영의 말에 한서영이 웃었다.

"충고 고마워요. 하지만 선배가 말한 것과는 달라요."

최태영이 머리를 끄덕였다.

"뭐 내말이 틀릴 수도 있겠지. 어쨌거나 결혼을 한다고 하니 축하는 해야 할 것 같군. 한때 같은 직장에서 근무하던 동료였으니 청첩장은 보내주겠지?"

한서영이 머리를 흔들었다.

"그냥 조용히 가족끼리 조촐하게 결혼식을 올릴 생각이에요. 중요한 친척 외에는 외부에 알릴 생각도 없고요."

"그런가? 섭섭하네."

"호호 언젠가 다시 만나게 될지도 모르겠네요. 어쨌든 선배를 만나서 반가웠어요."

"그래."

최태영이 아쉬워하는 얼굴로 한서영을 바라보았다.

한서영이 최태영에게 손을 내밀었다.

"우리 악수나 하고 헤어져요. 예전에 내가 선배에게 까칠하게 굴어서 미안했다는 의미예요."

한서영은 병원을 떠나기로 결정하면서 최태영에게 가졌던 불유쾌한 감정을 모두 털어버릴 생각이었다.

최태영이 싱긋 웃으며 한서영의 손을 잡았다.

"잘 가. 가끔 소식 전해주고."

"그럴게요."

한서영이 최태영과의 악수를 나누고 이내 의국을 나섰다.

의국에 들러 최태영을 만났으니 이제 김철민 교수를 만나러 갈 생각이었다.

의국을 나서는 한서영의 표정은 무언가를 털어낸 듯 홀가분했다.

"언니가 근무하는 병원이라고 해도 여긴 처음이야."

한유진이 세영대학병원의 주차장 옆쪽에 마련된 벤치에 앉아서 병원의 이곳저곳을 향해 시선을 돌리고 있었다.

옆에 앉은 김동하가 비록 언니의 신랑이 될 형부라고 하지만 단둘이 있는 지금 선뜻 형부라는 호칭이 나오지 않았다.

원피스를 입은 한유진의 모습은 병원을 방문하는 주변 사람들의 시선을 단번에 끌어당길 정도로 아름다웠다.

평소의 한유진이었다면 청바지에 간단한 티셔츠를 걸친 발랄한 여대생의 모습에 가까웠겠지만 지금의 한유진은 얼마 전에 결혼을 한 새신부 같이 단아한 모습이었다.

그런 면에서 본다면 언니 한서영과 동생 한유진은 거의 어머니의 미모를 그대로 빼다 박은 듯 닮아 있었다.

김동하와 함께 나란히 벤치에 앉은 한유진의 얼굴은 약간 굳어 있었다.

한진백화점의 지하 주차장에서 김동하의 손에 두 사람이나 천명을 뺏기고 재가 되어 흩어져 버리던 광경에서 아직 벗어나지 못할 정도로 충격을 받았기 때문이다.

하지만 자신의 가슴에 칼을 박아 넣었던 그 잔인한 사내에게 형부의 손에 의해 천벌이 내려진 것이 안타깝지는 않았다.

다만 그렇게 쉽게 사람의 생명이 사라진다는 것이 놀랍고 무섭다는 생각만 들었다.

그런 면에서 본다면 옆에 앉은 김동하가 언니의 남편이자 자신의 형부라는 것이 너무나 다행이었다.

김동하 역시 병원을 훑어보며 입을 열었다.

"나도 여긴 몇 번 와 보았지만 여전히 나에게는 익숙해지지 않는 곳입니다."

김동하의 말에 한유진이 김동하를 바라보았다.

"익숙하지 않다니? 그게 무슨 말이야? 요?"

한유진은 자신이 김동하에게 반말을 한 것이 마음에 걸렸는지 이내 말끝에 '요'를 덧붙였다.

자신이 생각해도 약간 어색함을 느낀 것인지 한유진의 입가에 어색한 미소가 떠올랐다.

김동하가 한유진을 보며 입을 열었다.

"처제도 알고 있을지 모르지만 저는 사람의 몸에서 천명이 빠져나가는 기운을 느낍니다. 하늘이 내려준 천명

을 모두 소진하고 세상을 떠나는 사람들이 남기는 마지막 흔적이라고 할 수가 있지요. 여기에 오면 늘 그것이 너무나 선명하게 느껴져 마음이 이상합니다."

김동하의 말에 한유진의 큰 눈이 동그랗게 변했다.

"사람이 죽는 것을 느낀단 말이야? 요?"

한유진이 또다시 어색한 존대를 했다.

하지만 김동하는 그것을 의식하지 않는 듯 담담한 얼굴로 대답했다.

"천명을 소진한다는 것을 다른 말로 한다면 처제가 한 말처럼 죽는다는 말과 같지요. 맞습니다. 저는 사람이 죽어가는 것을 느낄 수가 있습니다. 천명의 권능을 타고난 탓에 어쩔 수 없이 감당해야 할 고역이지요."

"세상에……."

한유진이 놀란 얼굴로 눈을 깜박이며 김동하를 바라보았다.

형부 김동하에게는 알면 알수록 놀랄 수밖에 없는 또다른 능력이 있을 것이라고 생각하자 의외로 김동하의 모습이 다르게 보이는 듯했다.

두 사람이 앉은 벤치는 병원 주차장 옆의 그늘이 만들어진 원두막 같은 형식의 지붕이 둘러진 정자처럼 보이는 곳이었다.

병원에 올 때마다 늘 한서영과 함께 이곳에 앉아서 대

화를 나누었다.

이곳은 병원을 찾은 방문객이나 문병을 온 문병객과 입원환자들이 가볍게 병원 내 산책을 하다 쉬는 곳이기도 했다.

팔각형의 정자를 둘러 여러 개의 벤치가 놓여 있었기에 김동하와 한유진이 앉아 있는 뒤쪽의 벤치에는 세영대학병원의 로고가 새겨진 환자복을 입은 환자들과 방문객이 담소를 나누는 장면도 보였다.

두 사람은 한서영이 지도교수인 김철민 교수를 만나기 위해 병원본관으로 들어간 사이에 이곳에 앉아서 한서영이 돌아오기를 기다리고 있는 중이었다.

한유진이 주차장을 바라보았다.

주차장에는 거의 비워진 공간이 보이지 않을 정도로 많은 차들이 빼곡하게 주차되어 있었다.

한유진이 혼잣말처럼 중얼거렸다.

"이 차들을 타고 온 사람들은 모두 어디가 아파서 병원에 온 것일까?"

한눈에 보아도 수백 대의 차량이 주차되어 있는 병원주차장을 한유진이 궁금해 하는 얼굴로 바라보았다.

병원주차장의 차들은 외래진료를 위해 병원을 방문한 환자 본인이 타고 온 차거나 병원에 입원중인 지인의 병문안을 위해 방문한 방문객들의 차들일 것이다.

한유진이 주차장을 둘러보고 있던 그때 병원주차장의 입구 쪽에서 거친 굉음과 같은 배기음이 들려왔다.

부와아아아아앙—

일반 승용차와는 다른 마치 야생마가 투레질을 하는 듯한 소음이었다.

벤치에 앉아 있던 한유진과 김동하의 시선이 엔진의 배기음이 들려오는 주차장의 입구 쪽으로 향했다.

그런 그들의 눈에 노란색의 외제 스포츠카 한 대가 미끄러지듯이 병원주차장으로 들어서는 것이 보였다.

주차장으로 들어선 노란색의 외제 스포츠카는 람보르기니 우라칸이었다.

병원 입구에서 한서영과 김동하가 병원에 모습을 드러내는 것을 감시하고 있던 중국의 인보방 소공자 단목승의 차였다.

주차장 입구로 들어선 단목승은 주차장의 비워진 공간을 찾으려는 듯 입구에서 잠시 멈추었다가 주차장 한쪽에 설치된 정자의 아래쪽 벤치에 앉아 있는 김동하와 한유진을 발견했다.

단목승이 보는 위치에서 바로 정면으로 보이는 위치였기에 한눈에 찾을 수가 있었다.

"저곳에 있었나? 다행히 굳이 찾으러 돌아다니지 않아도 되겠군 그래 훗."

단목승의 입술이 살짝 비틀렸다.

얇은 그의 입술에 떠오른 미소는 단목승을 모르는 사람이 보았을 경우 묘한 이질감을 느끼게 만들었다.

부와아아아아앙—

노란색의 람보르기니 우라칸이 빠르게 김동하와 한유진이 앉아 있는 벤치의 방향으로 움직였다.

김동하와 한유진은 자신들이 앉아 있는 방향으로 차가 굴러오자 약간 호기심이 어린 눈으로 단목승이 타고 있는 차를 바라보았다.

람보르기니는 외형이 어린아이의 눈에는 마치 예쁜 장난감처럼 보이는 차였기에 절로 시선이 갔다.

벤치와 20m 정도 떨어진 거리에 차량이 멈추었다.

그곳은 주차를 할 공간이 없었기에 다른 공간을 찾아야 했다.

하지만 단목승은 아무렇지 않게 주차된 차량이 빠져나가야 할 중간 공도에 차를 멈춰 세웠다.

단목승의 차량이 길목을 막아버린 셈이었다.

이곳에 차량을 세운다면 다른 차들이 들어오지도 못하겠지만 나가지도 못할 것은 당연했다.

단목승은 전혀 신경 쓰지 않는다는 표정이었다.

이곳에 주차된 차들 중 자신의 차량을 강제로 밀고 나갈 수 있는 차량은 없다고 생각한 단목승이었다.

덜컥.

노란색의 람보르기니 우라칸의 운전석 문이 열리면서 마치 새의 날개처럼 문짝이 하늘로 솟아올랐다.

람보르기니 특유의 수직으로 열리는 도어트림이었다.

이내 하얀색의 정장을 걸친 단목승이 검은색의 선글라스를 쓰고 차에서 내렸다.

한유진이 그것을 바라보다가 김동하에게 시선을 돌렸다.

"형부는 언니에게 저런 차를 사줄 수 있어? 이제 언니나 형부는 재벌도 부럽지 않은 부자니까 저런 것쯤은 얼마든지 사줄 수 있잖아."

김동하가 대답했다.

"언니는 차가 있지 않습니까?"

김동하의 대답에 한유진이 웃었다.

"그런 차 말고 저런 차 말이야."

한유진이 웃으면서 손으로 단목승이 타고 온 차를 손으로 가리켰다.

김동하가 단목승이 타고 온 람보르기니 우라칸을 힐끗보다가 입을 열었다.

"차를 사고 싶다면 서영씨가 마음대로 사면 되는 거겠지요. 제가 간섭할 일은 아닌 것 같습니다."

"그래?"

한유진이 힐끗 단목승의 차를 바라보다가 이내 차에서 흰색의 양복을 걸친 단목승이 내리자 살짝 이마를 찌푸렸다.

"병원에 패션쇼를 하러 온 건가? 어울리지 않게 왜 저런대? 그리고 차는 왜 또 저렇게 세워놔?"

한유진의 눈에 비친 단목승은 흰색의 양복이 어울리지 않는 졸부남자가 차를 끌고 온 모습처럼 보였다.

더구나 차에서 내리면서 마치 거들먹거리는 듯 건들거리고 있었기에 더더욱 그런 느낌을 더했다.

한유진이 입을 열었다.

"형부는 언니가 저런 차를 사겠다고 해도 절대로 사주지 마. 저런 차를 욕심낼 언니도 아니겠지만 언니도 저럴까봐 못 봐줄 것 같아."

김동하가 살짝 웃으며 대답했다.

"저는 차에 관심이 없습니다."

김동하는 아예 운전을 할 생각도 없었지만 차를 가지고 부심을 부리는 현대 사람들을 이해하지 못했다.

한유진이 머리를 끄덕였다.

"하긴 형부라면 그렇기도 하겠네. 훗, 맞아. 가마라면 모를까."

한유진은 김동하에겐 고급 외제차가 아니라 500년 전 가마꾼들이 어깨에 메고 다니는 사인거 같은 가마가 더

어울릴 것이라는 생각이 들자 절로 웃음이 흘러나왔다.

그때였다.

차에서 내린 단목승이 김동하와 한유진이 앉아 있는 곳을 향해 성큼성큼 걸어왔다.

순간 김동하의 눈이 반짝였다.

단목승이 가까이 오는 순간 단목승의 몸에서 흘러나오는 기묘한 기감을 감지한 것이다.

썩어가는 동물의 시체에서 흘러나오는 것 같은 역겨운 비린내와 같은 느낌과 함께 이마가 찌푸려지는 끈적한 음색(淫色)의 기운이 단목승의 몸에서 악취처럼 풍겨 나왔다.

한유진은 영문을 모르는 채 중얼거렸다.

"저 사람이 왜 이곳으로 와?"

김동하가 반짝이는 눈으로 단목승을 바라보다가 머리를 갸웃했다.

"이곳에 저런 기운을 풍기는 사람이 있을 줄은 몰랐습니다."

"그게 뭔데?"

김동하가 나직하게 대답했다.

"인간으로서는 가져서는 안 될 기운입니다. 짐승의 기운이라고 해도 좋을 것인데……."

김동하의 말에 한유진의 눈이 동그랗게 변했다.

김동하의 말을 언뜻 이해할 수가 없었기 때문이다.

그때 단목승이 한유진과 김동하의 앞으로 다가왔다.

벤치에 앉은 두 사람이 말없이 단목승을 바라보았다.

두 사람의 앞쪽에 멈춰선 단목승이 먼저 시선을 준 곳은 한유진이었다.

단목승의 입술이 살짝 움직였다.

"역시 내가 잘못 본 게 아니었군. 중국에서도 쉽게 찾을 수 없을 정도로 뛰어난 미모야. 이런 여자가 이렇게 좁은 한국 땅에 있다니 아쉽군."

혼잣말로 중얼거린 단목승이 김동하에게 시선을 던졌다.

"잠시 시간을 내 줄 수 있겠나?"

유창한 중국어였다.

한유진은 단목승의 말을 알아들을 수가 없었다.

그것은 김동하도 마찬가지였다.

중국어를 배울 시간도 없었지만 알고 있다고 해도 이렇게 다짜고짜 무례한 어투로 말을 건네는 것에 응대를 하지도 않았을 것이다.

단목승은 두 사람이 아무 말도 하지 않자 이내 혀를 찼다.

"그렇군. 중국어를 모르겠지."

혼자말로 중얼거리며 머리를 끄덕인 단목승이 이내 유

창한 영어로 다시 입을 열었다.

"이봐, 미스터, 미안한데 잠시 이쪽 여자 분과 대화를 하고 싶은데 자리를 비켜줄 수 있을까?"

단목승이 큰 눈을 뜨고 자신을 바라보고 있는 한유진을 손으로 가리켰다.

김동하가 멀뚱한 표정으로 단목승을 바라보았다.

잠시 김동하는 단목승의 행동이 이해가 되지 않았다.

다짜고짜 다가와 마치 아랫사람에게 하대를 하는 듯 오만하게 구는 것도 이해되지 않았지만 이렇게 예의를 갖추지 못한 채 당연하다는 듯이 요구를 하는 것이 기가 막혔다.

마치 이 세상의 모든 것을 자신의 것으로 생각하는 듯한 너무나 오만한 느낌이 들었기에 말문이 막힐 정도였다.

수백 년의 세월을 건너온 김동하로서도 처음 볼 정도로 너무나 무례한 자였다.

김동하가 어이없다는 표정으로 단목승을 보며 입을 열었다.

"그렇게 말하는 그쪽은 누군데 나에게 그런 요구를 하지?"

김동하의 대꾸에 단목승이 약간 놀란 표정을 지으며 김동하를 바라보았다.

지금까지 살아오면서 자신에게 말대꾸를 하는 사람은 본 적이 손에 꼽힐 정도로 적었다.

늘 아랫사람들로부터 과할 정도로 보호를 받으며 살아온 단목승이었다.

자신의 말에 대꾸를 하거나 자신의 뜻을 거역하면 잔인할 정도로 보복을 당했고 심할 경우 목숨까지 잃을 정도였다.

그 때문에 이 세상에서 자신을 거슬리게 할 수 있는 것은 없다는 오만함이 그의 천성이 되어 있었다.

아버지 인보방의 방주 단관휘와 사해련의 련주 창예걸 정도만이 그나마 자신을 견제할 수 있을 것이라고 여겼다.

하지만 그것은 단목승이 중국에 있을 때나 그러할 것이었다.

중국과는 달리 자신의 말이 통하지 않는 이곳이 한국이라는 것을 잠시 잊었던 것이 단목승의 실책이었다.

그는 자신의 오만함이 한국에서도 통하리라고 생각한 것이다.

그리고 그것이 당연하다고 생각했다.

단목승이 피식 웃었다.

"그렇군. 여긴 한국이었지……."

단목승이 김동하를 물끄러미 바라보았다.

김동하의 선해 보이는 맑은 눈과 단정한 이목구비로 자신과는 달리 몹시도 잘생긴 모습에 잠시 미간이 좁혀졌다.

단목승이 웃으면서 중국말로 중얼거렸다.

"훗, 이곳이 중국이었다면 창량에게 비싼 값에 넘겨줄 수 있을 놈이로군. 쯧. 여기가 한국이라는 것이 아쉽군 그래."

단목승이 말한 창량은 사람의 인체장기를 밀매하는 인보방의 하청업체 정청단의 단주를 뜻했다.

인보방에서 납치한 젊은 남녀의 몸에서 장기를 적출하는 임무를 맡은 정청단이라는 곳은 장기이식을 원하는 매수자가 나타나면 매수자의 체질과 비슷한 사람의 몸에서 장기를 적출해 이식해 주는 곳이었다.

대부분의 인체장기 매수자는 인보방을 통해서 정청단에 접촉을 해 왔기에 정천단으로서는 인보방과 악어와 악어새의 관계처럼 서로 공생을 하는 관계라고 할 수가 있었다.

장기이식은 인간의 모든 신체부위를 가리지 않았다.

안구, 간, 폐, 심장, 콩팥 등 돈이 될 만한 인체장기라면 가리지 않고 적출했고 팔아넘겼다.

그 덕분에 인보방 내에서도 정천단은 인간도살장이라는 이름으로도 불릴 정도였다.

그리고 그 정청단의 단주 창량은 단목승이 저지른 모든 범죄의 증거를 단 하나도 남기지 않고 해결해 주는 단목승의 측근 중의 측근이라고 할 수가 있었다.

단목승은 김동하를 보는 순간 그를 정천방의 창량에게 넘겨 아예 인체의 모든 장기를 하나도 남기지 않고 적출해서 분해하고 싶은 생각이 들 정도로 욕심이 생겼다.

단목승이 잠시 김동하를 바라보다가 품에서 자신의 지갑을 꺼내어 벤치에 앉아 있는 김동하의 무릎 위로 던졌다.

툭.

김동하는 자신의 무릎 위에 단목승의 지갑이 떨어지자 살짝 얼굴을 찌푸렸다.

한유진이 그 모습을 보며 얼굴을 찌푸렸다.

"형부, 이 사람이 지금 뭐라고 그랬어? 나하고 이야기를 하고 싶다고 형부에게 자리를 비켜 달라고 한 거였지? 내가 잘못 들은 게 아니지?"

한유진은 방금 단목승이 김동하에게 한 말을 들으며 자신의 귀를 의심했다.

세상에 죽을 자리가 없어서 염라대왕과 같은 형부 김동하에게 시비를 거는 미친놈이 다 있다는 생각이 들었다.

김동하가 피식 웃었다.

"그런 것 같습니다."

순간 한유진의 이마가 찌푸려졌다.

"뭐래? 이 미친놈이 뭘 잘못 처먹은 거야? 내가 왜 너
랑 이야기를 해?"

한유진이 화가 난 얼굴로 단목승을 쏘아보았다.

한유진도 영어로 단목승에게 쏘아붙이고 싶었지만 유
치하면서 징그러워 보이는 단목승과 말을 나눈다는 것
이 싫어서 아예 입을 닫고 사나운 눈길로 쏘아보기만 했
다.

한유진으로서는 단목승 같은 인간은 황금덩이를 트럭
으로 실어온다고 해도 절대로 상종하고 싶지 않은 인간
이었다.

온 몸이 오만과 허세로 가득한 망종이라는 것을 단숨에
알아차린 한유진이었다.

김동하와 한유진이 한국어로 대화를 하자 단목승이 이
마를 살짝 찌푸리며 김동하를 바라보았다.

"두 사람이서 한국어로 대화를 하니 좀 답답하군. 뭐
상관없겠지. 넌 그 지갑에서 필요한 만큼 꺼내고 잠시 자
리를 비켜주면 되는 일이야. 어렵지 않지? 얼마를 꺼내
든 상관하지 않을 테니 알아서 꺼내고 비켜주겠나?"

단목승의 말에 김동하가 어이가 없다는 얼굴로 단목승
을 바라보았다.

잠시 단목승을 훑어보던 김동하가 나직하게 중얼거렸다.

"입술이 얇아 천성적으로 잔인하고 온몸에 사기가 가득하여 비린내가 진동을 하는군. 그리고 음귀가 골수에 박혀 정혈이 말라가는 것을 보니 오래 살긴 힘들겠다. 내가 당신 말을 들어줄 이유도 없지만 들어 준다고 해도 내처제가 싫어할 것이니 고작 이런 것으로 날 시험하려 하지 마라. 이건 도로 가져가거라."

나직한 김동하의 말과 함께 단목승이 던진 지갑이 다시 단목승의 발 아래쪽에 툭 던져졌다.

그의 발아래 떨어진 지갑이 열리면서 안쪽에 가득하게 채워진 수표들이 보였다.

한눈에 보아도 평범한 사람들이 보유하고 있을 정도가 아닌 엄청난 거금이 지갑 속에 들어 있었다.

단목승의 눈가가 살짝 찌푸려졌다.

자신의 제안을 이렇게 단숨에 거절하는 것을 본 적이 없었던 단목승이었다.

이곳이 중국 땅이었다면 김동하는 아마 말이 끝나기도 전에 부하들에 의해서 사지 중 하나가 잘리고 살려달라고 자신의 다리에 매달려 애원을 했을 것이라고 생각했다.

단목승이 얼굴을 굳히며 김동하를 바라보았다.

"내가 누군지 아나?"

"당신을 내가 알아야 하나? 한 가지 충고를 해줄까?"

"충고?"

단목승이 살짝 어이가 없다는 표정으로 김동하를 바라보았다.

김동하가 단목승의 눈을 똑바로 바라보며 입을 열었다.

"스스로의 몸에 낙인처럼 새겨진 그 악취를 걷어내야 할 거야. 그렇지 않다면 아마 당신은 돌이킬 수 없는 길을 가게 될 것이고, 그것이 당신에겐 마지막 길이 될 것이 분명하겠지."

김동하의 말에 단목승이 잠시 어리둥절한 얼굴로 김동하를 바라보다가 이내 이를 드러내고 하얗게 웃었다.

"하하 재미있는 놈이로군. 이 작은 땅덩어리에 나에게 충고를 하는 애송이가 있다니 놀라워. 하하하."

단목승은 무엇이 그렇게 기분이 좋은지 맑은 웃음을 터트렸다.

하지만 그것은 단목승이 기분이 좋아 터트리는 웃음이 아니라는 것을 단목승을 알고 있는 사람들이라면 모두가 알 것이다.

지금의 단목승은 그야말로 터지기 직전의 폭탄과 같은 상황이었다.

그로부터 잠시의 시간이 지나고, 단목승이 웃음을 누그러트리며 김동하를 바라보았다.

"이름이 뭔지 물어도 될까?"

김동하가 담담한 얼굴로 단목승을 바라보며 대답했다.

"당신의 이름을 알고 싶은 생각이 없듯이 내 이름을 가르쳐 줄 생각도 없어."

"흠."

단목승이 여전히 재미있다는 표정으로 김동하를 바라보다 입을 열었다.

"굳이 내 이름을 알고 싶어 하지 않다고 하니 말할 필요는 없겠지만 그래도 나중을 위해서 내 이름은 기억해 두는 것이 좋을 거야. 난 단목승이라고 한다. 눈치챘을 것이지만 중국에서 온 사람이고."

단목승이 자신의 이름을 김동하에게 알려주면서 점차 표정이 싸늘하게 변해갔다.

"중국에서 꽤나 유명한 인보방이라는 단체의 소주인이기도 하지. 인보방이 뭘 하는 곳인지까지는 몰라도 될 거야. 설명한다고 해도 쉽게 이해하기 어려울 것이니까 말이야. 나름 유명한 곳이기도 한데 그것도 굳이 너에게 설명할 필요는 없을 것 같네."

김동하는 조금도 반응을 보이지 않았다.

단목승이 어깨를 으쓱이며 말을 이어갔다.

"좋아, 난 단순하게 내 호의를 보여줄 생각이었지만 뭐 나랑 말도 섞기 싫다면 돌아가도록 하지. 대신 좀 전에

던진 내 지갑은 정중하게 돌려주었으면 좋겠는데? 네 손
으로 직접 말이야."

말을 마친 후의 단목승의 얼굴은 이제 딱딱한 얼음덩이
처럼 싸늘했다.

김동하가 대답했다.

"당신 마음대로 던진 것이니 당신이 직접 주워. 내가
그것을 주워야 할 이유가 없으니까."

"흠."

단목승이 눈을 가늘게 뜨고 김동하를 바라보았다.

그저 잘생긴 얼굴 외에는 어디에도 특별한 느낌이 들지
않는 한국의 청년 같은 모습이었다.

단목승이 한 걸음 앞으로 나서서 이제는 김동하와 반걸
음쯤 떨어진 위치에 섰다.

"주워라."

단목승의 목소리가 깊이 가라앉았다.

김동하가 단목승을 올려다보며 머리를 흔들었다.

"주울 이유가 없다고 했을 텐데?"

김동하는 전혀 표정의 변화가 없었다.

한유진이 갑자기 달라진 상황에 약간 놀란 듯 김동하의
곁으로 바짝 다가앉았다.

그 모습을 본 단목승이 약간 허리를 굽히더니 김동하의
얼굴 가까이에 자신의 얼굴을 대고 입을 열었다.

"줍지 않는다면 아마 무척 후회하게 될 거야. 살짝 비밀을 알려준다면 넌 여기서 조금도 움직이지 못하고 네 옆의 여인이 내 차를 타고 떠나는 모습만 보게 될 거야. 그리고 넌 이곳에서 내 말을 듣지 않았던 것을 후회하면서 비참하게 죽을 거다."

단목승의 말에 김동하가 처음으로 웃었다.

"재밌군?"

김동하는 단목승이 자신을 향해 살심을 품었다는 것을 바로 느끼고 있었다.

한유진은 모르겠지만 지금 단목승은 치밀어 오르는 살심을 억지로 억누르고 있는 참이었다.

이미 무량기가 절정의 경지에 오른 김동하가 그것을 눈치채지 못할 리가 없었다.

그때였다.

"여기서 뭐하고 있어? 자기가 아시는 분이야?"

주차장의 한쪽에서 걸어오던 한서영의 목소리였다.

한서영이 책임교수인 김철민 교수에게 병원을 그만두겠다는 것을 통보하고 주차장으로 돌아오는 길이었다.

김동하와 여동생이 함께 병원에 들어가면 난처한 일들이 생길 것 같아서 두 사람을 이곳에 남겨두고 혼자 병원에 들어갔던 한서영이었다.

그런 한서영이 일을 마치고 늘 김동하와 마주 앉았던

벤치로 돌아오는 중에 두 사람의 앞에 낯선 남자가 서 있는 것을 보며 놀란 표정으로 물었다.

낯선 남자는 김동하와 친한 듯 얼굴을 가까이 대고 있었기에 김동하가 알고 있는 사람이라고 오해한 것이다.

갑자기 나타난 또 다른 여인의 목소리에 단목승이 머리를 들어올리고 몸을 돌렸다.

그런 단목승의 눈에 청바지에 하얀 와이셔츠를 걸친 한서영의 얼굴이 들어왔다.

"엇?"

단목승의 입에서 자신도 모르게 놀라는 목소리가 흘러나왔다.

눈앞에 서 있는 한서영이 너무나 낯이 익었기 때문이었다.

단목승의 머릿속에 아까 편의점 앞에서 자신의 커피잔 아래 눌러놓았던 사진속의 여인이 눈앞에 떠올랐다.

단목승이 눈을 껌벅이며 자신도 모르게 나직하게 중얼거렸다.

"한, 서, 영?"

순간 김동하의 얼굴이 굳어졌다.

눈앞의 중국 사내가 자신의 아내가 될 한서영을 알고 있다는 것이 놀라웠다.

한유진도 사내가 언니의 이름을 알고 있는 것에 눈을

동그랗게 떴다.

다만 한서영은 약간 거리가 떨어진 곳에서 다가오고 있었기에 단목승이 자신의 이름을 중얼거렸다는 것을 모르고 있었다.

김동하가 천천히 일어섰다.

김동하의 눈빛은 차분하게 가라앉아 있었다.

"당신이 내 아내의 이름을 어떻게 알고 있지?"

김동하는 단목승이 분명히 한서영의 이름을 중얼거린 것을 들었다.

옆에 앉아 있던 처제 한유진까지 선명하게 들을 수 있었을 정도이니 자신이 잘못 들었을 리는 없다고 생각했다.

단목승이 김동하를 바라보았다.

"아내? 저 여자가 아내라고?"

단목승은 계획도 없이 병원 앞 편의점에서 무작정 기다려야 했던 한서영과 김동하를 이런 식으로 대면하게 될 것이라곤 미처 생각하지도 못했다.

단목승이 웃었다.

"하하 이거 일이 참으로 기묘하게 엮이는군 그래. 그럼 네 이름이 김동하겠군? 맞는가?"

김동하의 얼굴이 이제는 눈에 띄게 굳어졌다.

눈앞의 중국사내가 아내인 한서영뿐만 아니라 자신의

이름까지 알고 있다는 것이 놀라웠다.

그리고 그것이 결코 유쾌한 일이 아니라는 것을 직감했다.

김동하가 나직한 목소리로 입을 열었다.

"당신이 나와 내 아내의 이름을 어떻게 알고 있는지 말해주겠나?"

김동하가 단목승의 얼굴을 싸늘하게 노려보았다.

단목승이 어깨를 살짝 들어올리며 입을 열었다.

"훗, 그건 곧 알게 될 거야, 아쉽네, 나를 거슬리게 한 대가로 널 이 자리에서 근골을 끊어 놓으려 했는데 그럴 수는 없을 것 같군. 어떤 분의 부탁으로 널 살려서 데려가야 하거든? 나로서는 조금 아쉽지만 너한테는 그나마 운이 좋은 상황이라는 것을 다행이라고 생각해."

단목승은 조금 전까지 한유진이 보는 앞에서 김동하의 사지 근골을 끊어 자신을 모욕한 대가를 치르게 만들 생각이었다.

그런 상황에 한서영이 나타나자 지금의 상황이 어이가 없어서 실소를 머금었다.

그때 한서영이 김동하의 가까이 다가왔다.

"뭐해? 아시는 분이야?"

한서영이 상기된 얼굴로 단목승과 김동하의 얼굴을 바라보았다.

멀리서 보면 단목승과 김동하가 다정하게 이야기를 나누는 모습으로 보였기에 단목승을 바라보는 한서영의 표정은 밝았다.

"언니, 그게 아니야. 형부랑 나랑 전혀 모르는 사람이야."

한유진이 굳은 얼굴로 한서영에게 말했다.

한서영의 눈이 살짝 커졌다.

"모르는 사람이라고?"

"응 중국 사람이야. 근데 언니의 이름을 알고 있어."

"그게 무슨……."

한서영이 놀란 얼굴로 김동하를 바라보았다.

김동하의 표정이 딱딱하게 굳어 있는 것을 그제야 살피게 된 한서영이 흠칫 김동하의 뒤쪽으로 물러섰다.

한서영으로서는 영문도 모르는 중국 사람이 자신의 이름을 알고 있다는 것이 어떤 의미인지 전혀 감을 잡을 수가 없었다.

다만 김동하의 표정이 굳어져 있었기에 놀라면서 뒤로 물러선 것이었다.

단목승은 모르는 한국어였기에 한유진이 무슨 말을 하는 것인지 알 수가 없었다.

한서영이 가까이 와서 자신을 바라보자 단목승은 자신이 찾아야 했던 한서영이 분명하다는 것을 확실하게 알

수가 있었다.

어떤 의미로 본다면 이렇게 일이 수월하게 풀리는 것이 무척 허무한 느낌이 들었다.

그는 자신의 화려한 무예솜씨와 인보방의 내가기공을 염소하를 비롯한 동생들에게 보여줌으로써 자신의 출중함을 자랑하고 싶었지만 그럴 기회가 사라진 것이 아쉬웠다.

더구나 자신에게 좀처럼 곁을 주지 않는 염소하에게 자신이 얼마나 강한 사람인지 눈앞에서 보여주고 싶었지만 그러지 못하는 것이 아쉬웠다.

단목승이 한서영을 바라보며 물었다.

"그러고 보니 두 여자가 서로 조금 닮았군. 자매였나 보네. 그쪽의 이름이 한서영이 맞나?"

한서영이 눈을 치켜뜨며 물었다.

"당신 뭐예요? 내 이름을 어떻게 알고 있는 거예요?"

한서영은 얇은 입술에 뱀처럼 차가운 미소를 띤 채 자신을 바라보고 있는 단목승을 보며 눈을 동그랗게 떴다.

"훗, 틀림없군."

이미 김동하에게 들었지만 다시 한번 한서영의 입으로 확실하게 듣고 싶었던 단목승이었다.

단목승이 한서영을 보며 묘한 미소를 머금었다.

"사진보다 실물이 더 예쁘군. 솔직하게 련주에게 넘겨

주고 싶지 않을 정도야. 하지만 저 여자가 있으니 이 정
도에서 만족하기로 하지."

단목승이 김동하의 뒤에서 굳은 얼굴로 자신을 바라보
고 있는 한유진을 향해 또다시 징그러운 미소를 머금었
다.

단목승의 입장에서는 한서영과 한유진 두 여인을 모두
차지하고 싶었다.

그렇지만 한유진이 있으니 한서영은 단념하고 련주에
게 넘겨줄 수밖에 없다고 생각했다.

단목승이 김동하를 바라보며 입을 열었다.

"조용히 따라가자고 한다면 따라 오겠나?"

김동하가 나직하게 대답했다.

"나와 아내를 데려오라고 한 자가 누군지 말한다면 그
럴 수도 있겠지."

김동하의 말에 단목승이 웃음을 터트렸다.

"그러니까 쉽게는 따라오지 않을 생각이란 의미겠
지?"

단목승의 눈에 살짝 녹색의 빛이 흘렀다가 금방 지워졌
다.

한서영과 한유진이 눈을 치켜뜬 채로 단목승을 바라보
고 있었다.

단목승이 뒷머리를 살짝 긁으며 중얼거렸다.

"제길, 혼자 오니 귀찮은 일이 생기는군 그래."

단목승은 편의점 앞에서 우연하게 목격하게 된 한유진이 마음에 들어 한유진을 자신의 재력과 차로 유혹하여 데리고 나갈 생각이었다.

그래서 이렇게 나선 것이었는데 그것이 성급했다고 자책했다.

단목승이 여전히 자신을 바라보고 있는 김동하에게 가볍게 손을 내밀었다.

단목승의 손이 김동하의 어깨 위 쇄골이 있는 곳으로 가볍게 올려졌다.

그의 손가락 끝이 쇄골의 움푹 들어간 곳을 엄지손가락으로 짚고 있었다.

나머지 손가락은 어깨 뒤쪽의 곡원과 병풍을 짚고 있었기에 이대로 힘을 쓴다면 김동하의 어깨는 단번에 부서질 것이었다.

엄지가 누르고 있는 곳은 혈맥으로 치면 기호혈이었고 그곳을 제압당하면 황소도 힘을 쓰지 못한다.

김동하는 자신의 쇄골 아래 기호혈을 낚아챈 단목승의 손을 물끄러미 내려다보다가 이내 머리를 들어 단목승을 바라보았다.

"당신이 말한 그 어떤 분이 누구지?"

김동하의 말에 한서영이 굳은 얼굴로 끼어들었다.

"당신 뭐예요? 왜 이러는 거예요?"

한서영도 단목승을 보며 따지듯 물었다.

단목승이 입가에 하얀 미소를 머금고 입을 열었다.

"내가 손에 힘을 주면 김동하라고 했나? 이자는 내 손에 살아남지 못하게 될 거야. 그러니 그냥 조용히 같이 동행을 해 주었으면 해. 너희 둘을 보고 싶어 하는 사람이 있어서 그러니까 그냥 따라오면 될 거야."

단목승은 김동하의 쇄골을 제압하고 있는 자신의 힘을 믿었다.

맨손으로 100년 이상 자란 금강송의 껍질을 뜯어낼 정도로 강하게 단련한 악력이었다.

일반 사람들이라면 단번에 쇄골이 부서지고 견딜 수 없는 통증에 혼절을 할 수도 있을 만큼 위력적인 금나술이 있었다.

김동하가 자신의 어깨 위에 손을 얹고 쇄골을 쥐고 있는 단목승의 손을 힐끗 보다가 머리를 들어 단목승의 얼굴을 바라보았다.

"우릴 데려가려는 이유가 뭔지 말해주면 더 쉬워질 텐데."

단목승이 빙긋 웃었다.

"이유는 따라와 보면 알게 될 거야."

단목승은 김동하나 한서영에게 사해련의 내막을 설명

하기 싫었다.

김동하가 살짝 한숨을 불어냈다.

"후~ 오늘은 운수가 사나운 날인가 보군."

김동하의 미간에 주름이 잡혔다.

병원에 도착하기 전에 처제 한유진의 가슴에 칼을 찔렀던 두 사내에게서 천명을 회수한 것에 이어 또다시 비슷한 상황이 반복되자 저절로 한숨이 나왔다.

단목승이 그런 김동하를 보며 나직하게 입을 열었다.

"순순히 따라온다면 다치진 않을 거야. 하지만……."

단목승이 김동하의 쇄골을 쥐고 있는 자신의 오른손에 힘을 주었다.

강한 악력이 김동하의 쇄골을 눌렀다.

단목승은 자신의 악력에 김동하가 고통스럽게 몸을 비틀며 주저앉을 것이라고 생각했다.

지금까지 자신의 이런 손속을 무사하게 피한 사람은 없었기 때문이다.

대부분 자신의 악력에 반항하지 못하고 고통스런 신음을 흘리며 주저앉거나 아니면 어깨의 쇄골이 부서져 정신을 잃는 경우뿐이었다.

하지만 그런 단목승의 예상은 빗나갔다.

김동하가 차가운 시선으로 단목승의 얼굴을 바라보며 입을 열었다.

"이게 뭐하는 짓이지?"

김동하는 전혀 고통스러워하지 않았고 너무나 태연한 모습이었다.

단목승의 표정이 굳어졌다.

자신이 전혀 예상하지 못한 상황이 벌어지자 잠시 어리둥절한 표정으로 변했다.

김동하는 단목승이 자신의 어깨 위 기호혈을 잡는 순간 그가 어떻게 행동할 것인지 이미 예상하고 있었다.

그런 김동하의 예상을 단목승은 단 한 치도 빗나가지 않았다.

단목승이 김동하를 바라보았다.

단목승은 김동하를 고통스럽게 만들어 자신에게 굴복하는 모습을 보여주어서 한서영과 한유진이 겁을 먹게 만들 생각이었지만 그의 그런 계산은 전혀 들어맞지 않았다.

단목승의 이마에 굵은 핏줄이 피어올랐다.

100년이 넘는 황금송의 목피를 맨손으로 잡아 뜯었던 자신의 악력이었다.

그런 악력이라면 미국의 프로레슬러와 같은 덩치라도 견디지 못하고 비명을 터트리며 무릎을 꿇거나 아니면 어깨의 쇄골이 부서지는 것을 면치 못할 것이라고 자신했던 단목승이었다.

하지만 김동하는 전혀 그런 모습을 보이지 않았고 오히려 자신을 향해 차가운 시선을 던지고 있을 뿐이었다.

"특이한 재주가 있는 놈이로군 그래 끄응."

단목승이 온몸의 힘을 모아 김동하의 쇄골을 쥐고 있는 오른손에 힘을 주었다.

이 정도의 힘이라면 단번에 김동하의 쇄골이 가루가 되어 부서져도 이상하지 않을 정도로 강한 악력이었다.

하지만 김동하는 너무나 차분했다.

김동하가 슬쩍 자신의 어깨를 잡은 단목승의 오른손 손목을 왼손으로 가볍게 쥐었다.

"당신의 그 오만한 표정은 더 이상 보고 싶은 생각이 없어. 함부로 말을 하는 것도 듣기 싫고."

김동하는 자신의 왼손에 쥐어진 단목승의 오른손을 가볍게 떼어냈다.

순간 단목승의 표정이 돌처럼 굳어졌다.

"이, 이게……."

태어나서 지금까지 그 누구도 자신에게 이런 식으로 행동하는 사람은 본적이 없었던 단목승이었다.

누구라도 자신 앞에서는 굽실거리며 굴종했고 자신이 하는 행동을 막지도 못했다.

더구나 인보방이 사해련의 실질적인 제일 세력으로 성장한 이후에는 인보방의 소공자인 단목승의 영향력은 방주인 단관휘보다 더 강해졌다고 인정받을 정도였다.

실질적으로 인보방의 모든 사업영역이 단목승의 지휘 하에 진행이 되었다.

방주이자 단목승의 아버지 단관휘는 아들에게 진행상황을 보고 받은 정도로 인보방의 중요 사업에서 물러서 있는 상황이었다.

그 때문에 단목승이 안하무인처럼 굴어도 정작 아버지 단관휘조차 단목승을 제어하지 못하고 있었던 것이다.

그런데 단목승은 처음으로 자신에게 대항하는 사람을 만나면서 묘한 충격을 받았다.

김동하는 자신의 왼손에 팔목이 잡힌 단목승을 바라보며 입을 열었다.

"나의 쇄골을 부수려고 했다면 당신의 그런 힘으로는 절대로 할 수가 없을 거야. 적어도 이 정도의 힘을 가질 수 있어야 어쩌면 가능할지도 모르겠지만."

김동하가 자신의 왼손에 잡힌 단목승의 오른손 팔목에 힘을 주었다.

무량기의 기운을 살짝 끌어올려 잡는 힘이었기에 말 그대로 무쇠로 만들어진 족쇄가 단목승의 팔목을 죄는 느낌일 것이었다.

"어어어."

단목승은 자신의 팔목을 죄어오는 너무나 엄청난 압력

에 자신도 모르게 입을 벌렸다.

단목승의 팔목을 죄고 있는 김동하의 표정은 몹시도 담담했다.

하지만 그런 단목승의 얼굴을 바라보는 김동하의 두 눈은 너무나 차갑고 냉정했다.

김동하는 단목승이 자신의 어깨를 잡는 순간 단목승의 오만한 성격과 지금까지 그가 저질러온 모든 악행을 단번에 파악했다.

김동하의 기준에서는 병원에 오기 전에 천명을 회수했던 권휘의 수족인 김태춘과 양인석보다 더 사악하고 나쁜 인간이 바로 단목승이었다.

그 때문에 그런 단목승을 그대로 놓아 줄 생각이 없었다.

누군가 자신과 한서영을 노리고 있다면 단목승이 아니라고 해도 다른 사람이 찾아올 것이고, 그때 그들의 정체를 알아도 늦지 않다고 판단한 김동하였다.

우지직.

김동하가 쥐고 있는 단목승의 오른손 팔목이 하얗게 변하며 뼈가 부서지는 것 같은 소리가 들렸다.

"끄극."

단목승은 지독한 고통에 절로 이를 악물었다.

삽시간에 그의 얼굴이 진땀으로 덮였다.

더구나 김동하의 손에 잡힌 자신의 팔목에서 뼈가 으스러지는 소리까지 섬뜩하게 들려오자 머리끝이 쭈뼛 서는 느낌이 들었다.

"끄그극."

단목승의 입에서 어금니를 깨무는 소리가 들려왔다.

비명도 나오지 않을 정도로 너무나 극악한 고통이 단목승의 뇌리 속으로 파고들었다.

콰지지직―

결국 김동하의 손에 의해 단목승의 오른손 팔목 뼈가 완전히 으스러지는 소리가 들려왔다.

이미 단목승의 오른손은 김동하의 악력에 의해 피가 통하지 않아 말 그대로 하얀색의 고무장갑을 낀 것 같은 모습으로 변해 아래로 축 늘어져 있었다.

더구나 김동하의 악력에 의해 뼈가 으스러지며 피부가 늘어난 것인지 기묘한 형태로 변해 늘어져 덜렁거렸다.

그 모습은 지켜보고 있던 한서영과 한유진까지 머리를 돌려버리게 만들 정도로 처참했다.

김동하는 단목승의 손목뼈가 으스러지자 그의 손목을 놓고 이내 좀 전에 단목승이 자신이 어깨 위 쇄골을 잡았던 것처럼 단목승의 어깨 위에 손을 얹고 기해혈을 잡았다.

단목승의 땀으로 범벅이 된 얼굴이 하얗게 변했다.

"자, 잠깐."

단목승은 한순간에 변해버린 상황에 머릿속이 하얗게 비워지는 느낌이었다.

이대로 김동하가 자신의 어깨 위 쇄골을 잡고 또다시 압력을 가한다면 자신의 쇄골 뼈는 너무나 쉽게 부서져 버릴 게 분명하기에 온몸에 소름이 돋아 올랐다.

손목에서 느껴지는 극악한 통증조차 한순간에 뇌리에서 잊힐 정도로 지독한 두려움이 그의 머릿속에 가득 차 올랐다.

김동하가 차가운 시선을 단목승을 바라보며 입을 열었다.

"여긴 손목보다는 단단할 것 같지 않은데……."

단목승이 입을 쩍 벌렸다.

"자, 잠깐만."

단목승은 유약해 보이는 김동하쯤이야 가볍게 제압할 수 있다고 생각했던 자신의 오만함을 이제야 후회하기 시작했다.

김동하는 단목승의 기해혈에 가볍게 힘을 주었다.

인간의 쇄골 사이에 위치한 기해혈은 약간의 힘만으로도 제압당한 상대에게 엄청난 고통을 안겨주는 곳이었다.

또한 인체의 골격 중에서 비교적 약하고 허술한 곳이

바로 쇄골이었다.

그런 쇄골에서 엄청난 고통이 느껴지자 단목승은 처음으로 비명을 질렀다.

"크으윽."

온몸에서 힘이 빠지고 어깨 위에 천근의 바위가 올라간 느낌은 단목승으로서는 처음으로 겪는 공포스러운 통증을 안겨주었다.

털썩.

단목승이 그 자리에서 주저앉았다.

쇄골을 제압당하면 보통의 사람들은 몸에 힘이 빠져 주저앉는 것이 보통이었고 그것은 단목승도 다르지 않았다.

김동하는 단목승이 주저앉자 차가운 목소리로 입을 열었다.

"당신은 이 모습이 조금 전의 내 모습이었기를 바랐겠지만 이젠 입장이 바뀐 것 같군."

"끄응……."

단목승의 입에서 앓는 소리가 흘러 나왔다.

김동하가 그런 단목승을 보며 입을 열었다.

"어때? 당신이 나에게 하려고 했던 것을 그대로 당신에게 돌려줘도 될까? 조금만 힘을 줘도 쉽게 부서질 것 같은데 말이야."

"크윽. 그건."

단목승이 고통스런 얼굴로 김동하를 올려다보았다.

아까는 자신이 김동하를 하찮게 보았지만 지금은 전혀 달랐다.

마치 넘을 수 없는 거대한 철벽과 마주한 느낌이었다.

김동하가 나직하게 물었다.

"이제 다시 한번 질문을 반복해 보도록 하지. 당신들은 누구고 나와 내 아내를 데려가려는 이유가 뭐지?"

김동하의 목소리는 무척 차가웠다.

단목승이 흔들리는 시선으로 김동하를 올려다보았다.

그의 눈에 김동하의 차갑고 냉정한 시선이 자신을 내려다보고 있는 것이 들어왔다.

단목승의 얼굴이 하얗게 질려가고 있었다.

자신이 무언가를 착각하고 있었다는 생각에 머리끝이 쭈뼛 일어서는 느낌이 들었다.

또한 자신의 힘으로 김동하를 상대할 수 없다는 생각이 그의 머릿속을 스쳐갔다.

약자에게는 한없이 강하고 잔인하지만 강자에게는 철저하게 비열해 질수 있는 인간이 바로 단목승이었다.

단목승이 떨리는 눈길로 김동하를 올려다보았다.

"말을 해 주면 날 놓아 줄 건가?"

단목승의 얼굴이 살짝 붉어져 있었다.

뼈가 으스러져 살가죽에 붙어 있었기에 온몸이 떨리는 통증이 그를 괴롭히고 있었지만 단목승은 오로지 김동하의 손에서 벗어나는 것에만 관심이 있었다.

김동하가 나직하게 입을 열었다.

"당신을 죽일 생각은 없어. 하지만 대가는 치러야 하겠지."

김동하는 단목승 같은 인간이 더 이상 평범한 사람들을 괴롭히지 못하게 만들어 놓아야 한다고 생각했기에 그의 천명을 회수할 생각이었다.

단목승에게 약속한 대로 그의 목숨을 뺏는 것은 아니었으니 김동하의 말은 틀리지 않은 말이었다.

단목승의 눈빛이 심하게 흔들렸다.

"대가라면?"

단목승은 김동하가 자신의 손목을 으스러트린 것처럼 또 다른 자신의 신체를 부수어 놓을까 두려웠다.

그때였다.

"단 오라버니, 그곳에서 뭐해요?"

단목승이 세워놓은 람보르기니 우라칸이 멈춰 있는 주차장에서 들려오는 유창한 중국어였다.

김동하와 단목승이 그쪽으로 시선을 던졌다.

한서영과 한유진도 살짝 놀란 얼굴로 주차장 쪽으로 머리를 돌렸다.

단목승이 세워놓은 노란색의 람보르기니 우리칸의 옆쪽에 세 명의 남녀가 멈춰 서서 이쪽을 바라보고 있었다.

단목승의 눈이 살짝 커졌다.

"여, 염누이."

단목승의 눈에 제일 먼저 들어온 것은 청지림의   백천림주의 손녀 염소하였다.

염소하의 옆에는 이번 일에 발단이 되어버린 거여방의 소공자 황명과 누이동생인 황선이 나란히 서 있었다.

염소하는 노란색의 람보르기니 우라칸을 끌고 세영대학병원으로 들어간 단목승이 돌아 나오지 않자 직접 찾아 나선 것이었다.

염소하는 단목승이 중국에서도 소문날 정도로 엽색행각을 즐기는 인간이라는 것을 알고 있었다.

그 때문에 더더욱 단목승과 가까워지는 것을 경계하고 있었다.

단목승이 일어서려고 몸을 움직이려다 김동하의 손에 의해 자신의 쇄골이 잡혀 있다는 것을 알고 이마를 찌푸렸다.

또한 그제야 부서진 손에서 지독한 통증이 느껴지는 것을 자각했다.

"끄응."

단목승의 얼굴이 땀에 젖어 번들거렸다.

염소하는 단목승과 조금도 가까이 하고 싶은 생각이 없었지만 지금의 상황이 이상하다는 것을 본능적으로 느꼈다.

제법 키가 큰 남자의 앞에서 단목승이 무릎을 꿇고 있는 것이 이상했고 병원 앞 편의점에서 본 아름다운 원피스를 입은 여자가 함께 있는 것을 보며 살짝 이마를 찌푸렸다.

염소하가 단목승이 있는 곳으로 다가오고 있었고 그녀의 뒤를 따라 황명과 황선이 주변을 살피며 걸어왔다.

염소하는 단목승의 얼굴표정을 알아볼 수 있는 거리까지 다가서면서 살짝 입을 벌렸다.

김동하의 뒤에 서 있는 한서영의 얼굴이 보였기 때문이었다.

한서영이 염소하의 얼굴을 빤히 바라보고 있었기에 더더욱 한서영의 얼굴을 확실하게 확인할 수 있었다.

"한.서.영?"

염소하가 중얼거리는 말은 중국어였지만 한서영은 단번에 그녀가 자신의 이름을 부른 것을 알 수가 있었다.

김동하에게 제압당한 중국남자도 자신의 이름을 알고 있고 일행으로 보이는 중국여자까지 자신의 이름을 알고 있자 한서영의 표정이 굳어졌다.

한서영을 알아본 염소하가 가까이 다가왔다.

그리고 그제야 단목승이 김동하에게 쇄골부근이 잡혀 기해혈이 봉쇄되어 있다는 것을 알아차렸다.

"단 오라버니. 이게 무슨 일이에요?"

염소하가 유창한 중국어로 물었다.

김동하에게 쇄골이 잡힌 단목승이 땀으로 범벅이 된 얼굴을 들어올리며 대답했다.

"이, 이자가 김동하라는 자야. 상당히 강해. 내가 실수했어."

"뭐라고요?"

염소하가 놀란 얼굴로 김동하를 바라보았다.

김동하가 염소하를 바라보며 능숙해진 영어로 물었다.

"이자와 같은 일행이요?"

김동하의 물음에 염소하가 눈을 깜박이며 김동하를 바라보았다.

잘생기고 건장한 모습이었지만 전체적으로는 너무나 착하고 순박해 보이는 김동하였다.

그때 단목승을 친형처럼 생각하며 따르던 황명이 단목 승의 오른손이 기괴한 모습으로 변한 것을 보며 놀란 얼굴로 소리쳤다.

"단형님, 그 손이 왜 그렇게 된 겁니까?"

황명의 말에 염소하가 바닥에 무릎을 꿇고 있는 단목승의 오른손을 바라보았다.

단목승의 오른손은 마치 시장에서 파는 고무장갑과 같은 모습으로 아래쪽으로 늘어져 바닥에 질질 끌리고 있었다.

"오라버니 손이 왜 그래요?"

염소하도 놀란 얼굴로 물었다.

단목승이 창백한 얼굴로 대답했다.

"이자에게 당했어."

"뭐라고요?"

단목승의 말에 놀란 염소하가 김동하를 바라보는 순간 황명이 김동하를 향해 달려들었다.

"그 손 놓지 못해? 이 빵즈새끼야."

빵즈는 중국인들이 한국사람을 비하할 때 사용하는 욕설에 가까운 말이었다.

애초의 용어는 고려봉자(高麗棒子)—까오리빵즈—라는 뜻으로 중국 수나라 오랑캐가 고구려를 쳐 들어왔을 때, 고구려의 군사들이 수나라 오랑캐를 몽둥이로 두들겨 무찌르자 본국으로 돌아간 수나라 오랑캐들이 그것을 두려워해 만들어 부른 데서 유래된 말이다.

근래에 와서 한국인을 비하하는 뜻으로 어의전성(語義轉聲)—본래의 뜻과 달리 바뀐 의미로 불림— 되었다는 설이 있다.

비슷한 뜻으로 치오센빵즈(조선봉자—朝鮮棒子)라는

말도 있지만 결국 의미는 같은 뜻이다.

하지만 황명이 소리친 것은 중국어였기에 중국말을 모르는 김동하로서는 그가 무슨 소리를 하는지 영문을 알 수가 없었다.

다만 황명의 얼굴이 시뻘겋게 변해 있는 것으로 보아 그가 상당히 화가 나 있다는 것을 직감했다.

황명은 단목승이 김동하에게 잡혀 있는 것을 보자 순간 화가 치밀어 달려든 것이었다.

거여방에서 나름 무술을 배워 상당한 실력을 가지고 있다고 자신하고 있던 황명이었기에 단번에 김동하를 후려쳐 단목승을 구해낼 생각이었다.

하지만 자신보다 더 강한 단목승이 김동하에게 어떻게 제압되어 있는지 판단하지 못하고 달려든 것은 그의 실수였다.

김동하가 자신에게 달려드는 황명을 피하려다 그러면 자신의 뒤에 있는 한서영과 처제 한유진이 황명에게 당할 수 있을 것이라는 생각이 들었다.

김동하가 힐끗 단목승을 내려다보다가 살짝 머리를 흔들었다.

"당신의 일행은 모두가 당신처럼 성급한가 보군?"

짧게 말한 김동하가 자신을 향해 달려들며 주먹을 내지르는 황명의 팔을 가볍게 낚아챘다.

이어 황명의 몸 중심을 흩트리며 팔을 뒤로 꺾어 앞으로 살짝 밀었다.

황명은 김동하를 향해 달려들다 김동하가 자신을 가볍게 제압하고 밀어내자 놀란 얼굴로 앞으로 밀려났다.

그가 밀려난 곳은 염소하가 서 있는 방향이었다.

황명의 얼굴이 딱딱하게 굳어졌다.

"이런 망할 새끼가. 감히 누굴?"

앞으로 밀려나긴 했지만 황명은 자신이 어떻게 제압당한 것인지 깊게 생각해 보지도 않고 화가 치민 얼굴로 몸을 돌렸다.

그때였다.

"황오빠, 잠깐만요."

염소하가 또다시 김동하에게 달려들려는 황명을 멈춰 세웠다.

황명이 화가 난 얼굴로 염소하를 바라보았다.

"왜 그래?"

염소하가 황명을 바라보며 입을 열었다.

"단 오라버니가 저렇게 쉽게 누군가에게 제압당한다고 생각해 보셨나요? 나와 황오빠가 같이 덤빈다고 해도 단 오라버니를 이길 수 없는데 그런 단오라버니가 저렇게 제압당해 있다면 그게 어떤 의미겠어요?"

염소하의 말에 황명이 눈을 껌벅였다.

염소하의 말대로 단목승이 누군가에게 이런 식으로 제압당한다는 것은 상상조차 해본 적이 없었던 황명이었다.

실제로 단목승의 무술실력이라면 자신과 염소하가 함께 덤빈다고 해도 상대가 되지 않을 정도로 고수라는 것을 그제야 머리에 떠올렸다.

황명이 눈을 껌벅이며 김동하를 바라보았다.

염소하가 김동하를 보며 물었다.

"당신이 김동하라는 사람인가요?"

염소하의 말은 중국어였기에 김동하로서는 알아듣기 힘들었다.

그 때문에 김동하의 눈살이 살짝 찌푸려졌다.

염소하는 자신이 실수했다는 것을 느끼고 이내 유창한 영어로 다시 물었다.

"당신이 김동하라는 사람이에요? 뒤쪽에 저 여자 분은 한서영씨고요?"

김동하가 물끄러미 염소하를 바라보았다.

"그렇긴 한데 당신은 누구십니까? 그쪽은 모두 나와 내 아내를 알고 있는데 정작 우리는 당신들을 본 적이 없으니 좀 난감하군요."

김동하는 염소하가 자신을 공격할 생각이 없다는 것을 감지했다.

염소하가 잠시 눈을 깜박이며 김동하와 한서영을 번갈아 바라보았다.

사진으로 볼 때와는 달리 지금의 한서영은 같은 여자인 염소하가 보아도 놀랄 정도로 아름다운 미모의 여인이었다.

염소하가 다시 김동하의 손에 쇄골이 잡혀 있는 단목승을 보며 입을 열었다.

"이분은 왜 이렇게 되었나요? 이분은 우리와 같은 일행입니다만."

염소하는 단목승이 김동하에게 보기 흉한 몰골로 잡혀 있는 내막을 짐작할 수 있었지만 확실하게 알고 싶어서 물어본 것이었다.

김동하가 대답했다.

"그것을 말해주기 전에 먼저 그쪽이 누구인지 말해줘야 할 것 같습니다만."

김동하의 말에 염소하가 잠시 무언가를 생각하는 듯 눈을 깜박이다가 대답했다.

"저는 염소하라고 합니다. 중국에서 청지림이라는 중의학을 전문적으로 연구하는 곳에서 왔어요. 한국에는 우리 쪽에 도움을 요청한 사람들의 초대로 오게 되었고요."

염소하의 말에 김동하가 이마를 살짝 찌푸렸다.

"중의학?"

한의학에는 이미 어의셨던 아버지의 수준까지도 넘어버릴 정도로 출중한 실력을 가진 김동하였다.

그런 김동하에게 염소하가 중국의 중의학에 대해 언급하자 살짝 놀랐다.

염소하가 김동하를 바라보며 머리를 끄덕였다.

"네, 그래요. 기억하실지 모르지만 얼마 전에 거리에서 시비가 붙어 남자 두 명을 혼내준 적이 있지 않나요? 김종현이라는 남자와 송영철이라는 남자예요. 그 사람들 말로는 차를 타고 가다가 우연히 시비가 붙어서 싸웠다고 하던데……."

염소하는 자신의 할아버지가 대보전까지 펼쳐 치료한 두 사내에 대해서 설명했다.

다만 서울의 정확한 지리를 몰라서 다툼이 벌어진 곳이 어딘지 말을 할 수 없었다.

영문을 모를 염소하의 말에 김동하의 미간이 좁혀졌다.

염소하가 더더욱 확실하게 하기 위해서 보충해서 설명했다.

"그 두 사람은 차를 타고 가던 중 길에서 그쪽과 싸우고 난 후에 숨을 잘 쉴 수가 없었고 말을 할 수도 없었다고 하더군요. 온갖 치료를 해도 효과가 없어서 결국 중국의 우리 청지림에 도움을 요청한 거예요. 다행인지 저의 할아버지가 의술이 고명하셔서 그자들을 고칠 수 있었지요."

염소하의 말에 김동하가 그제야 두 사람이 생각난 듯 머리를 끄덕였다.

백령도에서 돌아오던 길에 한서영이 운전하던 차와 시비가 붙었던 젊은 사내들이었다.

그들의 오만하고 비뚤어진 성격을 혼내주기 위해서 용린활제라는 금제를 가했던 것이 기억에서 떠 오른 김동하였다.

"기억이 나는군요. 내가 그자들에게 용린활제라는 금제를 가해 두었지요. 칠주야만 고생하면 저절로 해혈이 되는 금제였는데 그자들이 중국에 도움까지 청할 정도였는지는 몰랐군요. 꽤 고통이 컸나 보네요."

염소하가 눈을 깜박이며 김동하를 바라보았다.

"용린활제?"

염소하는 청지림에서도 중의학에 대해서는 할아버지 염백천보다는 뒤떨어질 뿐 상당한 의학지식을 가지고 있었다.

그런 그녀도 방금 김동하가 말한 용린활제라는 말을 처음으로 듣는 말이었다.

김동하가 머리를 끄덕이며 대답했다.

"용린활제는 사람의 인체에 인위적으로 금제를 해서 고통을 겪게 하는 수법입니다. 말 그대로 목구멍에 용의 비늘이 박힌 것처럼 숨을 쉬기 힘들고 말조차 제대로 할 수가 없는 제법 사나운 수법이지요. 다만 그자들의 무례함을 혼내주기 위해서 칠주야만 금제를 하였는데 그게 병인 줄 알았던 모양이군요."

김동하는 자신에게 별로 적의를 보이지 않는 염소하에게 용린활제를 상세하게 설명해 주었다.

염소하가 김동하의 손에 의해 쇄골이 잡혀 있는 단목승을 힐끗 보다가 이내 머리를 들어 다시 김동하를 향해 입을 열었다.

"김동하씨에게 당한 그 두 사람이 자신에게 고통을 안겨준 김동하씨와 저분 한서영씨를 찾고 있어요. 아시고 계실지 모르지만 그쪽에게 그 용린활제라는 금제를 당한 두 사람의 부친들이 한국에서는 제법 높은 위치에 있는 사람들이에요."

"으음……."

"김종현이라는 남자의 부친은 현재 한국 검찰청 중앙지검에서 근무하는 김대길이라는 차장검사예요. 그리고 송영철이라는 사내는 한국에서도 꽤 유명한 법률회사의 사장인 송태현이라는 사람이에요. 그 사람들이 아들의 복수를 하기 위해서 두 분을 찾고 있는 거예요."

염소하의 말에 김동하의 얼굴이 굳어졌다.

"그렇다고 나와 내 아내를 찾았단 말이오? 그자들에겐 며칠의 고통만 안겨줄 뿐 칠주야만 지나면 저절로 풀릴 금제 때문에?"

김동하는 이제야 이들이 자신과 한서영의 이름을 알고 있는 이유를 알았다.

다만 그들을 혼내줄 때 아무런 증거를 남기지 않았는데 어떻게 자신과 한서영의 이름을 알아낸 것인지 그것이 놀라웠다.

그 의문도 염소하가 해결해 주었다.

"김동하씨에게 당한 그 남자들이 깨어나서 텔레비전을 보다가 김동하씨와 한서영씨가 공항에서 어떤 분을 치료하는 장면이 뉴스에서 흘러나오는 것을 보고 수소문해서 두 사람의 이름을 알아 낼 수가 있었어요. 특히 저 분 한서영씨께서 의사라는 것을 뉴스에서 알려준 것이 도움이 되었지요."

"그렇군."

김동하는 그제야 머릿속이 환해지는 느낌이었다.

염소하가 김동하에게 쇄골이 금제된 단목승을 보며 입을 열었다.

"이제 그분을 좀 풀어주시면 안 될까요? 보아하니 단단히 혼을 내주신 것 같은데 그 정도면 만족하실지 모르겠

지만 충분히 응징을 하신 것 같습니다만."

염소하의 말에 김동하가 힐끗 단목승을 내려다보았다.

단목승은 이제 고통 때문에 얼굴색이 하얗게 질려서 머리를 숙이고 끙끙 앓는 소리만 흘리고 있을 뿐이었다.

김동하가 단목승의 기해혈을 풀어주며 살짝 밀어냈다.

"당신의 일행이 모든 상황을 설명해 주었기에 이 정도의 훈계로 마무리 하도록 하지. 단, 다음에 또다시 나를 만나 같은 상황이 반복이 된다면 그때는 지금 이 정도의 훈계가 얼마나 큰 행운이었는지 알게 될 거야."

나직한 김동하의 말이었다.

단목승은 숨도 쉴 수 없을 정도로 고통스러웠던 통증에서 해방되자 진땀에 흠뻑 젖은 얼굴로 일어섰다.

단목승이 비척거리며 뒤로 물러섰다.

김동하가 염소하를 보며 입을 열었다.

"그럼 나와 내 아내를 찾는 사람들이 바로 그 예의 없는 사람들의 부친들이란 말입니까?"

"그래요."

"나와 내 아내를 찾아서 어떻게 하려고 하는 것인지 아십니까? 설마 그것을 가지고 철천지원수처럼 복수를 하려는 것은 아닐 텐데."

김동하는 한서영을 희롱하려다 자신에게 혼이 난 김종현과 송영철의 아버지들이 자신과 한서영을 찾는 진짜 이유를 알고 싶었다.

염소하가 대답했다.

"좀 전에 말씀드렸다시피 그자들의 부친들은 이곳 한국 땅에서 상당한 위치에 있는 사람들이에요. 그런 그들이 가진 힘으로 두 분께 꽤 심각한 복수를 할 생각인 것 같던데……."

염소하는 사해방에서 김동하와 한서영을 찾는다는 말은 끝까지 하지 않았다.

또한 중국의 화신공사에서 두 사람에게 5,000만불의 현상금을 걸어 홍콩과 중국의 삼합회가 움직이고 있다는 것을 알려주지 않았다.

그것은 염소하가 한순간에 생각해 낸 짧은 꾀였다.

그것을 말해주는 순간 김동하와 한서영이 다시 모습을 감추어 버릴 것이라고 생각한 것이다.

염소하가 입을 열었다.

"서로가 가진 오해는 풀면 그만일 거예요. 보아하니 김동하씨에게 당한 그 두 사람이 오히려 두 분께 잘못한 것 같은데 차라리 김동하씨를 찾고 있는 그자들의 부친을 스스로 찾아가 만나서 오해를 푸는 것이 더 좋지 않을까요?"

김동하가 잠시 생각하다가 머리를 끄덕였다.

"그게 이유라면 굳이 피할 이유는 없지요."

"그럼 만나실 건가요?"

김동하가 순순히 승낙했다.

"그러지요."

염소하의 눈이 반짝였다.

"그럼 제가 중간에 다리를 놓아도 될까요?"

"그렇게 해 주시죠."

김동하는 자신과 한서영을 희롱하려다 혼이 난 두 사람의 아버지들을 피할 이유가 없다고 생각했다.

오히려 그들이 자신들의 자식들을 방종하게 키운 잘못에 대한 사과를 받을 생각이었다.

듣고 있던 한서영도 놀란 얼굴로 눈을 치켜떴다.

생각지도 못했던 것이 전혀 엉뚱한 곳에서 씨앗을 품고 커지고 있었다는 것에 기가 막힌다는 표정이었다.

도로에서 시비가 붙어 자신의 차를 발로 차고 자신에게 욕을 하며 위협을 가하려던 두 사내에게 응징을 내린 것이 이런 상황을 만들었다는 것에 저절로 한숨이 나올 지경이었다.

김동하의 말대로 그런 자들의 부모라면 피할 이유가 없었다.

오히려 만나서 따끔하게 그들의 잘못을 다시 한번 상기하게 만들어 주고 싶은 생각이 들 정도였다.

염소하가 머리를 끄덕이며 입을 열었다.

"그럼 내일 오후 2시에 잠실의 크리스탈 팰리스 호텔 49층 VIP실에서 그분들과 만남을 주선해 드릴게요."

염소하가 말한 곳은 사해련의 련주 창여걸과 사해련의 수뇌들이 모두 모여 있는 곳이었다.

염소하의 말을 들은 단목승과 황명 그리고 황선의 눈이 살짝 커졌다.

염소하의 잔꾀가 너무나 치밀하다는 것을 그제야 알아차린 것이다.

강제로 데려가는 것이 아니라 김동하와 한서영이 제 발로 호랑이굴로 들어오게 하려는 기막힌 계략이었다.

김동하의 얼굴이 굳어졌다.

"크리스탈 팰리스 호텔?"

김동하로서는 난생 처음으로 호텔이라는 곳을 방문하게 되는 셈이었다.

김동하의 생각으로는 그냥 자신에게 용린활제를 당한 그자들의 집으로 찾아가면 될 것이었지만 굳이 호텔이라는 곳을 지명하는 것이 거슬렸다.

염소하가 입을 열었다.

"아까도 말했다시피 그 사람들의 부친은 한국에서도 제법 상위층에 있는 사람들이에요. 그러니 괜한 소문이 나는 것을 피하기 위해 그곳을 골랐어요. 마침 우리도 그곳에 머물고 있기에 그곳으로 한 겁니다. 하지만 불편하

시다면 다른 곳으로 골라도 돼요."

염소하의 말에 듣고만 있던 한서영이 끼어들었다.

"아니에요. 크리스탈 펠리스라면 나도 알고 있는 곳이에요. 그곳으로 가지요."

한서영이 끼어들자 염소하가 한서영을 바라보았다.

흰색의 셔츠와 단순한 청바지 차림이었지만 한서영의 옆에 서 있는 한유진처럼 너무나 아름다운 모습이었다.

염소하가 머리를 끄덕였다.

"그게 편하실 거예요. 그럼 내일 오후 2시에 그곳에서 뵐게요."

김동하가 머리를 끄덕이며 으스러진 오른손의 통증으로 인해 얼굴을 일그러트리고 있는 단목승을 보며 입을 열었다.

"서둘러 병원에 가서 치료를 하면 손을 잘라내지는 않아도 될 거요. 다만 아마 앞으로는 그 손은 영원히 제대로 사용하진 못하겠지만."

김동하의 말에 단목승이 자신의 으스러진 손을 잡고 원망이 가득한 얼굴로 김동하를 바라보았다.

어금니를 부러질 듯 깨물며 김동하를 노려보는 단목승의 표정은 지금의 이 참혹한 상황을 절대로 잊지 않을 것이라는 듯했다.

염소하가 단목승을 힐끗 보다가 입을 열었다.

"할아버지가 단오라버니를 치료해 주실 거예요. 단 오라버니 스스로 자초한 일이니 어쩔 수 없는 일이겠지요."

말을 마친 염소하가 몸을 돌렸다.

몸을 돌리는 염소하의 눈이 시퍼렇게 빛나고 있었다.

염소하는 내일 김동하와 한서영이 크리스탈 펠리스 호텔로 찾아오는 순간 단목승이 당한 수모를 모조리 갚아줄 것이라고 생각했다.

단목승 역시 염소하가 꾀를 부려 김동하와 한서영이 스스로 크리스탈 펠리스 호텔로 찾아오면 지금 김동하에게 당한 창피를 수천 배로 갚아 줄 생각이었다.

한서영은 윤간해서 만신창이의 몸으로 만들어 화신공사 진고연 회장에게 넘겨주면 될 것이고 김동하는 아예 사지를 몽땅 잘라서 숨만 간신히 붙여서 넘겨주면 된다고 생각했다.

또한 김동하와 한서영을 처리하고 난 이후에 한유진까지 납치해서 아예 중국으로 몰래 데려갈 생각까지 품었다.

황명과 황선도 마찬가지였다.

특히 황명은 청지림의 꾀주머니라고 하는 염소하의 잔꾀에 속으로 연신 감탄사를 연발하고 있었다.

말 그대로 손 하나 움직이지 않고 5,000만불이라는 엄

청난 거금이 통째로 자신들의 손에 쥐어지는 것을 지켜 보는 느낌이었다.

단목승이 타고 온 람보르기니 우라칸은 황명이 운전해 야 했다.

오른손이 으스러진 단목승은 염소하와 황선의 부축을 받아 병원 바깥에 세워놓은 자신들이 타고 온 차를 타고 돌아가야 했다.

병원을 나서면서 염소하가 단목승을 보며 입을 열었 다.

"내일 단오라버니의 복수를 제대로 하게 될 거예요. 그 러니 지금은 이대로 그냥 돌아가요."

염소하의 말에 단목승이 창백한 얼굴로 대답했다.

"고마워 염누이. 이 은혜는 반드시 갚도록 하지."

땀으로 범벅이 된 단목승의 눈빛이 얼음처럼 차갑게 변 하고 있었다.

나란히 병원을 나서는 그들의 모습은 마치 독을 잔뜩 머금은 독충들이 서로를 부축하며 나서는 모습처럼 보 여 한순간에 악취가 병원에 가득 퍼지는 느낌이 들 정도 였다.

조선남자

朝鮮男子

-천능의 주인-

나선(螺線)

"이게 뭐라고요?"

동신그룹 기획조정실장 박영진이 자신의 책상 위에 놓인 몇 장의 사진과 서류를 눈으로 확인하며 입을 살짝 벌렸다.

기획조정실 차인석 부장이 약간 굳은 얼굴로 대답했다.

"엠포튼에서 클라이튼 부사장을 통해 직접 요청해온 화물입니다. 대신 다음 납품단가는 10% 할인해서 적용하겠다고 약속했습니다. 원한다면 할인된 10%의 자금을 비자금으로 지급해 줄 수도 있다고 했습니다."

사진은 무언가 담겨있는 것으로 보이는 밀봉된 목재함이었고 내용물을 확인할 수 없도록 엄밀하게 포장이 되어 있었다.

그리고 서류는 동신그룹 계열사 동신전자에서 미국의 엠포튼에 요청한 정밀기계의 시리얼 넘버와 화물 등재 번호가 기록되어 있는 서류였다.

미국의 특수장비 회사인 엠포튼에서 정기적으로 항공편을 통해 동신그룹에 납품하는 화물과 함께 섞여서 수입되는 화물에 다른 화물 한 가지를 섞어서 들여온다는 내용이다.

동신그룹에서 수입하는 모든 항공화물은 한때 자신이 사위였던 한국항공의 화물 수송기편으로 수입된다.

그 때문에 박영진 실장의 한국항공에 관한 영향력은 한국항공의 임원들과 비견될 정도로 막강했다.

다만 이제는 한국항공 회장 윤태성 회장의 딸 윤소정과 이혼을 하게 되어서 예전과 비교할 정도는 아니었다.

하지만 그렇다고 해도 여전히 동신그룹의 막대한 물류 수송비가 한국항공에 지급되는 이상 그의 영향력은 제법 컸다.

박영진 실장이 눈을 껌벅이며 다시 한번 화물의 사진을 바라보았다.

겉면에는 엠포튼의 엠블럼이 새겨진 일반화물과 같은

모습이었기에 전혀 이상한 것이 느껴지지 않았다.

다만 화물상자의 겉면에 부착된 화물내역서의 번호만 다를 뿐이었다.

일반 화물처럼 F와 C, 그리고 S로 시작되는 화물번호가 아닌 K로 시작되는 화물번호였다.

화물은 두 개였다.

사진을 살펴보던 박영진 실장이 이마를 찌푸리며 물었다.

"이게 내용이 뭔지 물어보긴 했습니까?"

차인석 부장이 머리를 흔들었다.

"개봉해서도 안 되고 실수로 빠트려서도 안 된다고 했습니다. 반입되는 그대로 지정된 트레일러에 실어달라는 부탁이었습니다."

차인석 부장의 말에 박영진 실장이 어금니를 깨물었다.

"이게 폭탄인지 독약인지 아무것도 모르면서 그냥 트레일러에 실어달라고 했단 말입니까? 나중에 이게 문제를 일으킬 경우 어떤 일이 벌어지게 될지 생각은 해 보셨습니까?"

박영진 실장의 얼굴에 난감해 하는 표정이 떠올랐다.

수입자인 동신그룹의 명호가 버젓이 적혀 있는 두 개의 정체 모를 화물이었다.

그것이 행여 문제를 만들어 낸다면 동신그룹은 어쩌면 상상도 할 수 없는 후유증을 감당해야 할지도 모른다.

차인석 부장이 입을 열었다.

"엠포튼에서 제시한 리베이트가 너무 좋은 조건입니다. 실장님, 자그마치 120억 원이 넘는 비자금이니까요."

차인석 부장의 눈이 반짝였다.

이 제안을 받아들인다면 실무자인 자신에게도 제법 큰 몫이 떨어질 것이기 때문이다.

더구나 이번 제안이 한 번으로 끝나는 것이 아니라 앞으로도 계속된다면 그에게는 엄청난 재복이 굴러 들어오는 것과 같았기에 어떻게 하든 추진하고 싶었다.

하지만 이런 식으로 물건을 수입하는 것은 밀수와 같은 편법적인 거래였다.

박영진 실장이 한숨을 불어냈다.

"할아버지는 아시고 계십니까?"

차인석 부장이 머리를 흔들었다.

"회장님은 모르십니다. 엠포튼의 클라이튼 부사장이 직접 실장님에게만 요청한다고 알려왔습니다."

"꿍."

"어차피 검수과정은 우리 쪽에서 진행하는 것이니 그냥 들여와도 문제가 될 것은 없지 않겠습니까?"

차인석 부장의 말에 박영진 실장이 이를 악물었다.

행여 이 일이 외부로 누설이 된다면 한국항공의 회장인 예전 장인 윤태성 회장에게도 치명적인 불명예가 안겨질 것이다.

한순간 전처였던 윤소정과 공항에서 헤어질 때 벌어졌던 소동이 머리에 떠올랐다.

자신에게는 평생 잊을 수 없었던 굴욕이었다. 장인이었던 윤태성 회장의 그 싸늘하던 얼굴이 다시 그려지고 있었다.

박영진 실장이 고개를 들어 차인석 부장을 바라보며 물었다.

"이 사실을 폼웰 사장은 알고 있는 겁니까?"

폼웰 사장은 엠프튼의 사장인 클라크 폼웰을 말하는 것이다.

차인석 부장이 머리를 끄덕였다.

"클라이튼 부사장의 말로는 폼웰 사장의 재가를 얻어서 진행하는 것이라고 하였습니다."

차인석 부장의 말에 박영진 실장이 무거운 표정으로 고개를 끄덕였다.

거래의 조건으로 커미션을 단가의 10%까지 비자금으로 지급해 준다면 당연히 클라크 폼웰 사장의 재가를 얻어야 한다.

박영진 실장이 어금니를 잠시 깨물며 무언가를 생각하는 듯 눈을 감았다가 떴다.

"물건은 언제 도착합니까?"

차인석 부장이 바로 대답했다.

"내일 오후 3시 15분 인천공항의 세관으로 들어오게 됩니다. 그곳에서 형식적인 통관절차를 거치면 바로 부천의 동신전자로 보내집니다. 그곳에서 미국 측에서 보낸 트레일러에 실어서 반출하면 됩니다."

"물건이 들어오면 내용물의 확인이 가능합니까?"

박영진 실장의 물음에 차인석 부장이 머리를 살짝 긁었다.

"그것이… 클레이튼 부사장의 조건이 절대로 내용물을 확인해서는 안 된다는 것이었습니다. 그리고 내용물을 밀봉한 박스는 특수하게 포장이 되어 있기에 내용물을 확인하는 순간 금방 알 수가 있다고 하더군요."

"그래요?"

대한민국의 10대 대기업을 통한 은밀한 밀수를 제시하는 것이었기에 박영진 실장으로서도 어쩔 수 없이 망설여졌다.

하지만 이내 머리를 끄덕였다.

"알겠습니다. 일단 클레이튼 부사장의 조건을 수락하도록 하지요. 하지만 그것으로 인해 문제가 발생한다면

그것은 전적으로 엠포튼에서 책임을 져야 한다는 것도 다시 한 번 통보하세요. 그리고 그쪽에서 제시한 10%의 커미션은 미국의 사우스 아메리카은행의 내 개인 구좌로 입금하라고 전해요."

차인석 부장이 머리를 숙였다.

"알겠습니다."

"차 부장도 이 일이 관련이 있으니 당연히 그에 상응하는 커미션을 받게 될 겁니다."

10%의 커미션을 박영진 실장 혼자서 독차지할 생각은 없다는 의미였기에 차인석 부장의 얼굴이 살짝 달아올랐다.

동신그룹의 주거래 처인 엠포튼과의 모든 거래는 박영진 실장의 결재를 거쳐야 하기에 박영진 실장 몰래 거래를 할 수도 없는 일이었다.

차인석 부장이 박영진 실장의 내락을 받고 고개를 숙이며 몸을 돌렸다.

박영진 실장이 잠시 차인석 부장의 등을 바라보다가 생각났다는 듯이 물었다.

"참, 뉴욕에서 일준이와 이준이 엄마의 근황에 대한 보고는 받으셨습니까?"

동신그룹의 미국 뉴욕지사를 통해 자신과 이혼한 윤소정의 근황을 은밀하게 기획재정실로 보고하라는 지시를 내려놓은 상태였다.

비록 이혼은 했지만, 자신의 쌍둥이 아들 둘을 키우고 있는 윤소정이 어떻게 지내고 있는지 확인하고 싶었던 박영진 실장이었다.

그녀가 재혼을 해도 막을 생각이 없었지만 막상 이혼을 하고 난 이후에 자신의 두 쌍둥이 아들에 대한 관심이 커졌다.

차인석 부장이 다시 박영진 실장을 바라보았다.

"한국항공의 뉴욕 지사에 가끔 얼굴을 보일 뿐 사모님은 아드님들과 함께 맨해튼의 자택에서 머물고 계신다는 보고를 받았습니다. 중요한 사안이 아니었기에 주말 보고 때 실장님께 말씀드리려 했습니다."

"그래요?"

이혼 후 두 아들과 함께 미국으로 건너간 아내가 두문불출 하고 있다는 것에 약간 미안한 마음이 생기는 박영진 실장이었다.

"알겠습니다, 나가 보세요."

"예, 그럼."

차인석 부장이 다시 가볍게 목례하며 이내 몸을 돌려 방을 빠져 나갔다.

박영진 실장은 차인석 부장이 방을 나가자 의자를 돌려 등 뒤에 있던 창밖으로 시선을 던졌다.

박영진 실장의 머릿속에 하얀 가운을 입은 한 명의 여자 얼굴이 떠올랐다.

한서영이었다.

자신의 계획대로 진행되었다면 지금쯤 자신의 집에는 한서영이 새로운 아내로 머물고 있어야 했다.

하지만 그것은 그냥 자신의 허망한 꿈으로 끝나가고 있었다.

박영진의 머릿속에 신촌의 한 카페에서 만났던 한서영의 어머니 이은숙과 여동생 한유진의 얼굴이 떠올랐다.

싸늘한 눈매로 자신을 바라보던 이은숙의 표정은 평생을 대한민국의 로열패밀리로 살아왔던 박영진 실장에게는 충격이었다.

"훗, 그 엄마에 그 딸이라니… 한서영 씨의 어머니와 동생까지 그렇게 젊고 아름다운 여인일 줄은 몰랐는데……."

박영진 실장의 머릿속에 다시 한 번 한서영의 어머니 이은숙의 얼굴이 떠올랐다.

100억 원이라는 엄청난 거액의 유혹에도 한 치도 흔들리지 않던 이은숙과 한유진의 모습이 생생하게 머리에 떠올랐다.

한서영의 아버지 한종섭 사장도 그렇지만 한종섭 사장의 부인인 이은숙도 돈의 유혹에는 초연한 듯 움직이지 않았다.

박영진 실장의 입가에 희미하게 미소가 떠올랐다.

"더구나 내가 제시한 100억 원이라는 큰돈의 유혹에도 흔들리지 않는 사람들이 이 세상에 있다는 것이 놀라웠어."

박영진 실장의 머릿속에 자신의 딸의 관심을 얻고 싶다면 직접 한서영을 만나서 말해보라고 하던 이은숙의 말이 아직도 여운처럼 울렸다.

그리고 그것이 박영진 실장에게 새로운 의욕을 불러일으켰다.

지금까지 살아오면서 자신이 가지고 싶었던 것이 있었다면 무슨 수를 쓰더라도 반드시 차지해 왔던 박영진 실장이다.

단 하나, 한국항공의 윤태성 회장의 딸 윤소정과의 결혼은 한국항공과 동신그룹의 경영자들이 만나 정략적으로 결혼한 것이었기에 박영진 실장으로서는 윤소정에게 그다지 큰 애정을 느끼지 못했다.

간절하게 가지고 싶었던 것이 아닌 다른 사람의 뜻에 의해 자신의 손에 쥐어진 것이었기에 성취감을 느끼지 못한 것이다.

박영진 실장이 창밖으로 보이는 한가한 모습의 한강변을 바라보며 중얼거렸다.

"한서영 씨를 직접 만나보라고 한 말에 책임을 지셔야 할 겁니다. 과연 따님인 한서영 씨도 돈에 흔들리지 않을 것인지 나 역시 궁금하니까."

박영진 실장은 한서영이 한국으로 돌아오면 직접 그녀를 만나서 절대로 거절하지 못할 제안을 할 생각이었다.

박영진 실장은 상상도 하지 못할 엄청난 거액을 조건으로 제안을 한다면 한서영도 거절하지 못할 것이라고 믿었다.

이번에는 100억이 아닌 500억과 대한민국 최고 수준의 병원을 그녀에게 조건으로 내걸 생각이었다.

하지만 그렇게 하기 위해서는 무조건 한서영이 일단 한국으로 귀국을 해야 했다.

박영진 실장은 윤소정과 이혼을 한 이후 혼자가 된 자신에게 결코 결점이 없다고 생각했다.

이미 결혼이라는 거추장스러운 굴레는 벗어버렸기에 티끌 하나 묻지 않은 완벽한 청결체는 아니지만 그에 못지않은 깨끗한 사람이라고 자부하고 있었다.

자신과 같은 조건을 가진 남자라면 이 세상에 자신을 거부하는 여자는 없을 것이라고 믿었다.

그리고 한서영도 그럴 것이라고 생각했다.

"돌아온다면 한 선생에게 이 세상에 전혀 다른 방식으로 살아가는 사람들도 있다는 것을 보여줄 거요."

박영진 실장은 한서영을 자신의 새로운 신부로 만들 충분한 자신이 있었다.

그때였다.

삐익—

박영진 실장의 책상 위에 있던 인터폰이 울리며 비서인 안여진 대리의 목소리가 들려왔다.

—실장님, 전자의 한기선 사장님과 그룹 전략사업부 본부장 이충열 이사님이 오셨습니다.

비서 안여진의 목소리에 박영진이 급하게 의자를 돌렸다.

"들어오시라고 해요."

—네.

안여진의 목소리가 끝나는 순간 문이 열리면서 이내 약간 굳은 얼굴의 50대 남자와 역시 살짝 상기된 듯한 40대 후반의 남자가 안으로 들어섰다.

50대의 남자는 동신전자 한기선 사장이었고 40대의 남자는 동신그룹 전략사업부 본부장 이충열 이사였다.

박영진 실장이 급하게 자리에서 일어섰다.

자신이 비록 동신그룹 기획조정실 실장이었지만 방으로 들어서는 두 사람은 동신그룹 내에서도 절대로 무시할 수 없는 사람들이었다.

"어서 오십시오."

박영진 실장이 깍듯하게 인사를 했다.

와이셔츠에 넥타이 차림인 박영진 실장이었지만 너무나 깔끔한 모습이어서 보는 사람들에겐 약간의 경외감까지 느껴졌다.

동신전자의 한기선 사장과 전략사업부 이충열 이사가 가볍게 목례를 했다.

박영진 실장이 집무실 소파를 가리켰다.

"일단 앉으시지요."

"알겠습니다."

"예."

두 사람이 자리에 앉자 박영진 실장이 그들의 앞쪽에 앉았다.

박영진 실장이 두 사람을 번갈아 바라보며 입을 열었다.

"두 분께서 웬일로 제 사무실까지 오셨는지 궁금하군요. 저도 바쁘지만 두 분께서 바쁘다는 것을 그룹내부에서 모르는 사람이 없는데 말입니다. 하하."

미소를 머금은 박영진 실장의 말에 동신전자 한기선 사장이 굳은 얼굴로 입을 열었다.

"우리 전자 쪽으로 생각지도 못했던 난감한 일이 생겨서 박 실장을 만나러 왔습니다."

이충열 이사도 이마를 찌푸리며 입을 열었다.

"전략사업부도 마찬가집니다. 우리 쪽에서 지금까지 진행해 왔던 프로젝트에 차질이 생기게 되어서 박실장과 직접 의논을 해야 할 것 같아서 찾아왔습니다."

두 사람의 말에 박영진 실장의 얼굴이 굳어졌다.

"그게 뭡니까?"

박영진 실장은 자신을 바라보는 두 사람의 얼굴에서 심상치 않음을 감지하고 얼굴을 굳혔다.

이렇게 직접 자신을 찾아와 말할 정도라면 상당히 심각한 상황이 벌어졌다는 것을 직감할 수 있었다.

동신전자 한기선 사장이 굳은 얼굴로 입을 열었다.

"박실장도 알다시피 한국항공에서 서울 김포와 부산의 신공항을 추진하는 것에 우리 동신전자가 신공항 내부 설비를 맡는 것으로 하고 입찰했습니다, 뭐 암묵적이지만 한국항공 측에서는 우리 동신그룹에 일괄 공항설비 부분을 맡기기로 한 것도 입찰 조건이었지요. 관제시스템과 정밀 계측기 분야는 외주로 발주하고 그 외 통신분야와 각종 전자설비는 우리 동신에서 파격적인 조건으로 한국항공에 제공하기로 했지요."

동신전자 한기선 사장의 얼굴에 살짝 땀이 흘러 나왔다.

박영진 실장의 얼굴이 살짝 굳어졌다.

"그런데요?"

비록 한국항공의 윤태성 회장과는 이제 장인과 사위의 관계가 아닌 평범한 관계로 변했지만 그룹과 그룹간의 비즈니스 관계는 유지하고 있다고 생각한 박영진이었다.

한기선 사장이 얼굴을 찌푸리며 입을 열었다.

"그런데 한국항공 측에서 일방적으로 우리 동신전자의 신공항 설비분야에 대한 입찰을 거절한다는 연락이 왔습니다. 이거 당연히 우리가 한국항공의 항공관제설비와 통신설비를 맡을 것으로 생각하고 있었는데 야단났습니다."

듣고 있던 전략사업부 이충렬 본부장도 끼어들었다.

"우리 전략사업부도 마찬가집니다. 우리가 한국항공의 신공항 프로젝트를 차지할 것이라고 생각해서 일을 진행했는데, 하청계약을 맺은 업체들에게 클레임이 걸리게 생겼습니다. 따로 외주계약을 장담하고 독자적으로 추진한 하청계약이었습니다. 그게 틀어지면 위약금이 발생하게 됩니다. 자그마치 1,000억 원이 넘는 돈이 위약금으로 날아가게 된단 말입니다."

두 사람의 말이 끝나는 순간 박영진 실장의 얼굴이 딱딱하게 굳어졌다.

머릿속이 하얗게 비워지는 느낌이었다.

"한국항공 측에서 일방적으로 우리 동신의 입찰을 거

절했단 말입니까?"

"예."

"그렇습니다."

한기선 사장과 이충열 이사가 얼굴을 찌푸리며 대답했다.

박영진 실장의 눈이 질끈 감겼다.

이것은 명백하게 한국항공의 윤태성 회장이 자신과 딸의 이혼에 대해 앙심을 품고 동신그룹을 밀어내는 것이라고 생각했다.

기업과 기업 간의 비즈니스는 개인적인 감정으로 움직이는 것이 아닌 철저하게 서로의 이윤을 위해서 움직인다는 원칙이 틀어진 것이다.

한기선 사장이 입을 열었다.

"아무래도 한국항공 측에서 박실장의 이혼에 대해 감정을 가지고 이런 상황을 만든 것이 아닐까 싶은데 박실장은 어떻게 생각하시오?"

이충열 이사도 끼어들었다.

"그냥 이대로 물러선다면 우리 동신그룹도 상당한 손해를 감수해야 할 겁니다. 이 일을 매듭지을 사람은 박실장뿐이라고 생각합니다. 박 실장께서 한국항공의 윤태성 회장에게 연락해서 오해를 풀어 주었으면 좋겠습니다."

박영진 실장이 굳은 얼굴로 물었다.

"한국항공에서 우리 동신그룹의 대안으로 어디를 선택할 것 같습니까?"

한기선 사장이 약간 기운이 빠진 듯한 목소리로 대답했다.

"듣기로는 서진 인터내셔널이라는 신진기업에 한국항공의 신공항 프로젝트 전부를 맡긴다고 하는 것 같습니다."

순간 박영진 실장의 눈이 커졌다.

"…서진 인터내셔널?"

박영진은 그 말을 듣는 순간 누군가 자신의 머리를 망치로 내려치는 듯한 충격을 받았다.

한기선 사장이 놀라서 눈을 부릅뜨는 박영진 실장을 보며 눈을 껌벅였다.

"서진 인터내셔널이라는 곳을 아십니까?"

한기선은 박영진 실장이 서진인터내셔널이라는 신진기업에 과격할 정도의 반응을 보이자 조금 놀란 듯했다.

박영진 실장이 굳은 얼굴로 물었다.

"서진 인터내셔널에 대한 정보가 있습니까?"

박영진은 서진이라는 이름이 마치 운명처럼 자신을 따라 다닌다는 생각에 어금니를 깨물었다.

한기선 사장이 대답했다.

"예, 알아보니 미국의 레이얼 시스템과 한국의 서진무역이라는 회사가 서로 50%씩 투자하여 새롭게 출범한 회사더군요. 자본금 약 3조에 초정밀 계측기와 항공장비, 통신설비, 응용전자분야 등에 진출한다고 알려져 있습니다. 현재 경기도 광명에 위치한 연신전자와 안양의 하양정밀 등을 합병해서 새롭게 출범했다고 합니다. 미국의 레이얼 시스템과 합작했다면 초정밀 계측기 분야에서는 단번에 세계 탑급의 회사로 일어설 수 있을 겁니다. 들리는 소문으로는 향후 계열사 범위를 넓혀 그룹체계로 전환한다는 말도 있습니다."

한기선 사장의 말에 박영진 실장의 눈이 질끈 감겼다.

그의 머릿속에 신촌에서 만났던 이은숙과 한유진이 서진 인터내셔널이라는 회사에서 나오던 장면이 떠올랐다.

그제야 이은숙과 한유진이 100억 원이라는 거액의 돈에도 눈 하나 깜박하지 않았던 이유를 알 수 있을 것 같았다.

더구나 서진무역에 100억 원의 설비를 제시한 것을 한종섭 사장이 거절한 것도 이해되었다.

박영진 실장이 이를 악문 얼굴로 물었다.

"서진 인터내셔널의 사장이 예전 서진무역의 한종섭 사장이었습니까?"

이충열 이사가 대답했다.

"그건 아닙니다. 현재 서진 인터내셔널의 사장은 예전 서진무역의 기술고문으로 있던 유한선이라는 사람이고 한종섭 사장은 현재 서진 인터내셔널의 회장입니다."

"……."

박영진의 눈이 완전히 감겼다.

장인이었던 윤태성 회장의 생명을 살려준 한서영의 아버지가 한국항공의 윤태성 회장을 만나서 이런 결정을 하게 되었다.

그렇다면 이 결정은 번복될 가능성이 거의 없었다.

말을 마친 이충열 이사가 잠시 머뭇거리다가 결국 참지 못하고 입을 열었다.

"더구나 서진 인터내셔널에서 건설회사까지 인수해서 한국항공의 신공항 건설에도 참여하게 될 것 같습니다."

박영진이 감았던 눈을 치켜떴다.

"건설에도 개입한다고요?"

이충열 이사가 대답했다.

"예, 얼마 전에 한때 우리 한국의 도급 10위권에 들어 있던 미주종합건설을 서진 인터내셔널이 인수했다고 하더군요. 미주종합건설의 부채 약 5,000억을 서진 인터내셔널에서 책임지기로 하고 모든 경영권을 서진 인터내셔널에 넘겼다고 했습니다. 인수비용이 800억 원이 조금 넘었다고 들었습니다."

미주종합건설은 현재의 동신건설과 같은 1군 건설업체로 미주라는 브랜드명 하나만으로도 엄청난 가치를 지니는 회사였다.

그런 알토란같은 기업이 서진 인터내셔널에 인수되었다면 신공항 건설은 거짓말이 아닐 것이었다.

박영진은 머리가 깨질 것 같은 두통을 느꼈다.

한기선 사장이 입을 열었다.

"이건 우리가 손해를 감수하더라도 한국항공의 신공항 건설에 끼어들어야 할 상황입니다. 이대로 물러선다면 올해 하반기 그룹매출에게 상당한 영향을 미칠 것입니다. 어쩌면 우리 동신전자 통신사업부와 시스템 사업부에 적자가 발생할 수도 있는 일입니다. 한국항공의 신공항 건설은 어떤 일이 있어도 우리가 개입해야 할 겁니다."

이충열 이사가 굳은 얼굴로 입을 열었다.

"한국항공의 윤태성 회장에게 읍소를 해서라도 이번 프로젝트는 우리도 끼어들어야 합니다. 일부 손해가 발생하더라도 우리로서는 다른 선택이 없는 상황입니다."

한기선 사장과 이충열 이사의 말에 박영진 실장이 두 손으로 자신의 머리를 감싸며 고개를 숙였다.

그로서는 죽기보다 하기 싫은 일이 과거 장인이었던 윤

태성 회장에게 머리를 조아리는 일이었다.

더구나 자신의 이혼으로 이런 결과가 발생했을 수도 있었기에 할아버지인 박강희 회장에게 지금의 이 상황이 보고가 된다면 또다시 질책을 받을 수도 있었다.

박영진이 굳은 얼굴로 고개를 들었다.

"제가 알아서 하지요."

한기선 사장이 굳은 얼굴로 물었다.

"윤태성 회장에게 부탁을 할 셈인가?"

한기선 사장으로서는 박영진 실장이 윤태성 회장을 찾아가 그의 다리에 매달려 빌어서라도 이번 한국항공의 신공항 건설에 참여하길 바랐다.

초기 신공항 건설에 2조 5,000억 원의 자금이 투입되는 프로젝트였고 향후 지속적인 추가 설비투입으로 15조 원이 더 투입될 수도 있는 엄청난 프로젝트였기 때문이다.

박영진 실장이 고개를 끄덕였다.

"오늘 중으로 결과를 통보해드릴 테니 돌아가 보십시오."

박영진은 한기선 사장과 이충열 이사와 마주 앉은 것만으로도 머리가 지끈거렸다.

그로서는 전혀 상상도 해본 적이 없는 난감한 상황이 벌어졌다.

한기선 사장과 이충열 이사가 천천히 자리에서 일어섰다.

이제 한국항공에 관한 책임은 박영진 실장에게 있다고 생각한 두 사람의 얼굴 표정은 조금 전 방으로 들어설 때와는 달리 편해진 듯했다.

이내 두 사람이 박영진 실장의 방을 빠져나갔다.

두 사람이 자신의 사무실을 나서는데도 배웅조차 할 생각이 없는 듯 박영진이 이를 악물고 두 손으로 머리를 감싼 채 소파 앞의 테이블을 내려다보고 있었다.

그의 머릿속에 만감이 교차하고 있었다.

한참을 생각하던 박영진이 자리에서 일어나 책상에 올려놓은 전화기를 들고 다시 소파로 돌아왔다.

빠르게 버튼을 누르자 신호음이 들려왔다.

띠리리리리릿.

길게 이어지는 신호음이 영원히 끝나지 않았다. 박영진 실장은 초조해졌다.

하지만 이내 누군가 전화를 받았다.

—여보세요?

굵고 선명한 남자의 목소리, 윤태성 회장의 것이었다.

박영진의 표정이 굳어졌다. 딱딱하게 굳은 얼굴은 거의 표정을 읽을 수 없을 정도로 건조해 보였다.

"접니다. 아버님."

—자네가 무슨 일인가? 이제 더 이상 볼 필요가 없을 거라고 하지 않았던가?

　윤태성 회장의 싸늘한 목소리에 박영진 실장이 입술을 잘근 깨물었다.

　"그동안 잘 지내셨습니까?"

　박영진은 굳이 윤태성 회장을 자극할 필요가 없기에 안부부터 물었다.

　윤태성 회장이 대답했다.

　—잘 지내느냐고? 잘 지내지. 자네가 걱정해 주지 않아도 너무나 잘 지내니 이런 식으로 전화를 할 필요는 없어.

　윤태성 회장의 목소리는 냉정하고 차가웠다.

　박영진이 잠시 머뭇거리다가 입을 열었다.

　"일준이와 이준이 그리고 아이들 엄마 소식은 뉴욕지사 파견 직원들로부터 듣고 있었습니다. 다행히 잘 지내는 모양이더군요."

　이번에는 손자와 딸의 이야기로 윤태성 회장의 노기를 가라앉혀 보려 했다.

　—그런가? 난 자네가 내 손주와 딸에게 아직도 관심을 가지고 있을 줄은 몰랐군 그래. 뭐 잘 지내고 있는 중일세. 더 이상 마음고생을 하지 않아도 되는 탓인지, 딸아이도 편한 모양이더군. 근데 그 말을 나한테 하는 이유가

뭔가?

윤태성 회장의 목소리는 여전히 딱딱하기만 했다.

박영진 실장이 힐끗 창밖으로 시선을 던지며 입을 열었다.

"이번에 한국항공에서 신공항을 건설하는 것에 우리 동신을 제외한 것은 아버님의 뜻이었습니까?"

박영진 실장의 말에 잠시 윤태성 회장의 말이 끊어졌다.

하지만 이내 윤태성 회장의 대답이 들려왔다.

─뭐 그렇다고 할 수가 있겠지. 어차피 자네와 인연도 그다지 유쾌하지 못한 상태로 마무리되었으니 더 이상 동신과 엮이고 싶은 생각도 없었어.

박영진이 어금니를 깨물었다.

"아버님은 이런 식으로 비즈니스를 하십니까?"

─뭐?

"비즈니스는 비즈니스입니다. 개인적인 감정을 비즈니스에 개입시키는 것은 아버님답지 않다고 생각되는군요."

박영진이 매섭게 사무실 벽을 노려보았다.

윤태성 회장의 말이 잠시 끊어졌다가 곧 다시 이어졌다.

─자넨 내가 개인적인 감정으로 동신을 이번 신공항 건

설에서 제외했다고 생각하나?

박영진 실장이 바로 대답했다.

"그렇지 않다면 우리 동신을 제외할 이유가 없지 않습니까? 한국항공에서 신공항에 대한 프로젝트를 구상할 때부터 우리 동신에서 통신과 관제시스템에 참여한다고 내정되어 있었지 않았습니까? 그런데 그것을 지금에 와서 바꾼다고요? 이건 아버님의 지극히 개인적인 감정으로밖에 볼 수 없을 겁니다."

전화기를 잡은 박영진 실장의 손에 땀이 끈적하게 고였다.

잠시 박영진의 말을 듣던 윤태성 회장이 나직하게 입을 열었다.

—그렇군. 자네 말이 맞았어. 지극히 개인적인 판단으로 결정한 것이었지. 그런데 말일세, 3년 전 우리 한국항공에서 서울과 부산의 신공항 건설에 동신을 참여시키겠다고 결정한 것부터가 개인적인 결정이었다고 생각하지 않나? 자네가 내 사위였고 내 손주들의 아버지라는 이유로 그랬으니 그것이 바로 개인적인 결정이었단 말이야. 하지만 이번 결정은 지극히 이성적이고 논리적인 결정이라고 난 생각하고 있네.

윤태성 회장의 대답에 박영진 실장의 표정이 굳어졌다.

"이, 이게 이성적이고 논리적인 결정이었단 말입니까?"

―물론일세. 왜 그런 것인지 설명해 주어야 하나?

"말씀해 주십시오. 저로서는 아버님의 궤변에 의한 변명으로밖에 들리지 않는데요. 우리 동신이 신공항 프로젝트에서 제외된 정확한 이유를 설명해 주서야 할 겁니다. 그렇지 않다면 우리 동신에서 한국항공을 상대로 부당한 거래로 인해 발생한 손실에 대한 손해배상 소송을 할 수도 있습니다."

박영진 실장의 말이 끝나기도 전에 윤태성 회장의 웃음소리가 들려왔다.

―하하하하 손해배상이라고? 우리가 동신과 정식으로 계약을 한 적이 있었나? 동신에서 신공항의 통신과 시스템 설비분야의 입찰에 참가하면 동신에 우선권을 주겠다고 한 말 외에는 다른 계약을 한 것은 기억이 나지 않는군. 그리고 그 말을 하게 된 이유도 바로 자네가 내 손주의 아버지이자 내 딸의 남편이었기 때문이야. 그런데 그 계약의 조건이 사라진 상황인데 내가 했던 말을 그대로 이행할 이유가 있을까? 다시 말하면 자네가 스스로 그 계약의 조건을 버린 것이니 나 역시 버릴 수 있단 말이지. 이해가 되는가.

윤태성 회장의 말에 박영진 실장이 이를 악물었다.

"기업과 기업 간의 협의가 아니었다는 말입니까? 아버님은 수천, 아니 수조 원이 걸린 그런 사업을 단순한 감정으로 엎어버릴 수 있는 분이셨습니까?"

─…정확한 이유를 듣고 싶어 하니 진짜 이유를 설명해주지. 일단 동신은 항공통신시스템과 항공관제설비시스템에 관해서 경험이 없다는 것이 첫 번째 이유였네. 물론 동신에서 항공관제시스템과 통신시스템의 경험이 있는 독일이나 일본같은 외국계 회사와 합작하여 시스템설비에 끼어든다면 문제가 없겠지. 그렇게 되면 동신이 본청이 아닌 외국계 회사가 본청이 되고 동신은 하청으로 전락하게 될 거야. 분명히. 난 그 점이 부담스러웠어. 외국계의 업체가 본청이 되어 신공항 설비에 뛰어들 경우 생각지도 않은 추가 비용이 얼마든지 발생할 소지가 있다는 것은 자네도 짐작할 수 있겠지? 그리고 예상치 않은 사태도 충분히 발생할 여지가 있을 것이고… 그럼에도 난 사위였던 자네의 동신을 버릴 수 없어서 그런 리스크를 떠안고 감수할 생각이었는데 그럴 필요가 없어졌지. 그래서 실력이 있고 항공관제시스템과 항공통신시스템에 충분한 기술력과 경험을 가진 기업을 선택한 거야. 자네도 잘 알고 있는 레이얼 시스템이라는 일류기업이지. 다행이라면 그 레이얼 시스템과 공동으로 합작출범한 시스템 회사가 한국에 있었다는 것이지. 군이 외국계 기

업을 끌어들일 필요 없이 한국의 자본과 레이얼 시스템의 자본이 결합해서 출범한 곳이야. 그것은 따로 리스크를 안을 필요가 없이 안전하게 신공항의 시스템을 구축할 수 있다는 것을 의미해. 그리고 난 이번 프로젝트의 사업주로서 당연히 그것을 선택한 것이고.

윤태성 회장의 차분한 목소리가 박영진 실장의 머릿속을 송곳처럼 아프게 파고들어왔다.

박영진 실장이 물었다.

"아버님이 신공항 시스템 설비업체로 선정한 이한 인터내셔널이라는 곳의 회장이 누구인지는 아시고 계십니까?"

—물론이야. 한종섭 회장이라는 분이시지. 과거에는 레이얼 시스템의 아시아지역 총판을 담당했던 분이고 레이얼 시스템의 설비의 검수를 직접 담당했던 분이야. 정직하고 성실한 분이셨네.

"그것뿐입니까?"

—자네가 그 분을 물어보는 이유가 공항에서 날 살려준 그 의사의 부모님인 것을 내가 알고 있는 것인지 확인하기 위함인가? 그렇다면 그렇다고 해두지. 그러나 그것이 한국항공의 신공항 건설의 파트너로 서진 인터내셔널을 선택한 이유가 아니라는 것도 알아두고.

"……."

박영진은 냉정하고 정확한 윤태성 회장의 말에 더 이상 말이 나오지 않았다.

윤태성 회장의 목소리가 들려왔다.

—이제 두 번 다시 이런 전화는 받지 않을 거야. 한가하게 자네의 전화를 받고 대답해줄 시간이 없으니까 말이야. 하지만 한 가지 충고는 해두지. 동신이 이번 신공항 프로젝트에 끼어들고 싶다면 나에게 전화를 해서 따지지 말고 차라리 서진 인터내셔널을 찾아가 부탁하는 것이 좋지 않겠나? 물론 이번 프로젝트의 원청은 서진 인터내셔널이고 동신은 하청으로 참여하게 되겠지만 말일세. 그것이 동신으로서는 피해를 줄일 수 있는 유일한 방법이야. 그럼 이만 끊겠네. 더 이상 전화를 해도 받지 않을 것이니 다시 이런 식으로 전화를 하진 말게.

딸칵.

전화가 끊어졌다. 박영진 실장의 눈이 흔들렸다.

참으로 냉정하고 예리한 판단력을 가진 윤태성 회장이었다.

전화기를 물끄러미 내려다보던 박영진 실장의 표정이 천천히 일그러졌다. 그리고 마지막 전화를 끊기 전 윤태성 회장이 남긴 말이 메아리처럼 그의 귓속을 울렸다.

'서진 인터내셔널을 찾아가 부탁을 하는 것이 좋지 않

겠나? 그것이 동신으로서는 피해를 줄일 수 있는 유일한 방법이야.'

너무나 예리하고 정확한 판단이었다.

동신그룹으로서는 3년간 준비하던 기획을 한꺼번에 날려버릴 수 있는 위기를 모면할 수 있는 유일한 방법이었다.

평생을 갑으로 살아온 동신그룹으로서는 처음으로 을의 자격이 되어 하청을 받아야 하는 셈이었다.

박영진 실장의 손이 부들부들 떨리고 있었다.

자신이 살아오면서 지금과 같은 수모는 겪어보지 못했다.

"이, 이 망할 늙은이 같으니……."

손을 떨던 박영진이 자신의 전화기를 바닥에 내동댕이쳤다.

휘익. 콰지직—

부서져 나간 박영진 실장의 전화기 파편이 그의 사무실 바닥에 흩어져 나뒹굴었다.

그때였다.

똑똑똑.

노크소리가 들려왔다.

비서인 안여진의 통보 없이 노크소리가 들리는 것은 자

신의 심복인 정인학 대리가 왔다는 것을 의미했다.

"뭔가?"

박영진 실장의 입에서 거친 목소리가 터져 나왔다.

그의 말이 끝나자 문이 열리면서 정인학 대리의 얼굴이 보였다.

정인학 대리는 안쪽에 보이는 상황을 살피고는 이내 표정이 굳어졌다.

"뭐야?"

박영진 실장이 거칠게 다시 물었다. 정인학 대리가 굳은 얼굴로 대답했다.

"드, 드릴 보고가 있습니다."

정인학 대리는 박영진 실장의 표정이 너무나 사납게 변한 것을 보며 약간 두려워했다.

박영진 실장이 싸늘한 목소리로 입을 열었다.

"뭐야? 말해 봐."

정인학 대리가 문의 앞쪽에 서서 대답했다.

"하, 한서영 씨가 어젯밤 귀국했습니다. 실장님."

정인학 대리의 말에 박영진 실장의 눈이 번득였다. 하지만 대꾸는 하지 않았다.

무언가 생각하는 듯 눈을 깜박이던 박영진 실장이 정인학 대리를 보며 입을 열었다.

"어디에 있는지 알고 있나?"

"아직 위치는 모릅니다. 지시하신다면 지금 한서영 씨의 위치를 확인해 보겠습니다."

"그래, 지금 당장 한서영 씨를 찾아. 그리고 위치가 확인되면 바로 나에게 보고해."

"알겠습니다."

정인학 대리가 대답하고 황급하게 문을 닫았다.

박영진 실장이 이를 악물었다.

"범이 풀을 먹고 살 수는 없지. 평생을 비루한 구멍가게만 하던 서진 인터내셔널 같은 곳에 우리 동신이 비굴하게 기어 들어가는 일은 있을 수 없는 일이야. 한서영을 내 것으로 만들어 아예 서진 인터내셔널이 동신의 그늘로 들어오게 만든다면 상황은 바뀌게 된다. 늙은이, 당신 생각대로 세상이 돌아가게 놓아두지는 않을 거다. 나중에는 한국항공도 우리 동신의 제물이 되는 모습을 보게 될 테니 단단히 각오해야 할 걸?"

차갑게 웃는 박영진의 눈가에 얼핏 광기와 같은 녹색의 안광이 흘렀다가 천천히 지워졌다.

〈다음 권에 계속〉

어울림 B O O K S
신인 작가 대모집!

어울림 출판사는 무한한 상상력과 뜨거운 열정을 가진 작가 여러분을 기다리고 있습니다.

창작에 대한 열의가 위대한 작품으로 꽃피울 수 있도록 저희 어울림 출판사가 여러분의 힘이 돼 드리겠습니다.

지금 도전하십시오!

모집 분야 : 판타지, 역사, 무협, 로맨스 등

모집 대상 : 아마추어, 인터넷 작가등 열정을 가진 모든 작가

모집 기한 : 수시 모집

작품 접수 방법 : 당사 네이버 카페 또는 이메일을 이용해 주십시오.

파일 형식은 제한이 없으나 원활한 원고 검토를 위해 '.HWP' 형식으로 보내주시고, 파일에 연락처도 함께 기재해주시면 됩니다.

채택된 작품은 정식 계약을 통해 출판물로 간행됩니다.
간행된 출판물은 당사의 유통망을 이용하여 전국 서점으로 배포됩니다.
※ 문의 사항은 네이버 카페(http://cafe.naver.com/oulim0120)를 이용하시기 바랍니다.

경기도 고양시 일산동구 장항동 43-55 성우사카르타워 801호
어울림 출판사 신인 작가 담당자 앞
전화 031) 919-0122 / **E-mail** 5ullim@daum.net

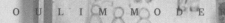

OULIMMODERNFANTASY

[라스트 미션]

돌연 나타난 세기의 어플
선택받은 '플레이어'들은 응답하라.

[퀘스트를 선고하시겠습니까?]

남들과 다른 길을 걷는다.
수요자가 아닌 공급자.

"내가 너희를 키워주마."

이야기의 끝. 이야기의 시작.
플레이어가 아닌 적합자
'빌런'이 되어 왕좌에 군림하라!

리디어 현대판타지 장편소설

퀘스트 내는
빌런
VILLAIN

어울림
BOOKS